暗店街

暗店街

RUE DES BOUTIQUES OBSCURES

PATRICK MODIANO

獻給呂迪。

獻給我的父親。

1

我什麼也不是。這天晚上，我只是露天咖啡座上一個淡淡的身影。我等著雨停下來，這場大雨是于特離開我時開始下的。

幾個小時前，我們在事務所見了最後一次面。于特像往常一樣坐在笨重的辦公桌後面，但穿著大衣，讓人覺得他真要走了。我坐在他對面那張供主顧坐的皮扶手椅裡。乳白玻璃燈光線很強，晃得我眼睛睜不開。

「好吧，居依……結束了……」于特歎了口氣說。

辦公桌上攤著一份卷宗。可能是那個目光驚愕、面部浮腫、棕色頭髮的小個子男人的卷宗，他委託我們跟蹤他的妻子。每天下午她去保爾—杜梅林蔭大道[註]相連的維塔爾街上一家酒店式公寓，和另一個棕色頭髮、面部浮腫的小個子男人會面。

于特若有所思地撫摸著鬍子，一把短短的、掩蓋住雙頰的花白鬍子。一雙明亮的大眼睛茫然若失。辦公桌左邊是我工作時坐的柳條椅。

身後，一排深色木書架占去了半面牆，上面整整齊齊擺放著最近五十年來，各類社交名冊和電話號碼簿。于特常對我說這些是他永不離身的、不可替代的工具書，這些名冊和電話簿構成最寶貴、最動人的書庫，因爲它們爲許多人、許多事編了目錄，它們是逝去世界的唯一見證。

「你怎麼處理所有這些社交名冊呢？」我手臂一揮指著書架問于特道。

「居依，我把它們留在這兒。我沒有退掉套房的租約。」

他迅速環顧四周。通向鄰室的雙扉門開著，看得見裡面那張絨面磨舊了的長沙發、壁爐、映出一排排電話簿和社交名冊，以及倒映于特臉部的鏡子。我們的主顧經常在這間屋子裡等候。地板上鋪著一塊波斯地毯，靠近窗戶的牆上掛著一幅聖像。

「居依，你在想什麼？」

「沒想什麼。這麼說，你保留了租約？」

「對。我不時會回到巴黎來，事務所就是我落腳的地方了。」

他把香煙盒遞給我。

「我覺得保留事務所的原狀心裡會好受些。」

我們在一道工作已八年有餘。一九四七年他創辦了這家私人偵探事務所，在我之前與許多人共事。我們的任務是向主顧提供于特所說的社交情報。他很樂意地一再說，一切都發生在上流社會人士之間。

「你認爲你能在尼斯生活嗎？」

「能呀。」

「你不會厭煩嗎？」

他吹散了自己吐出的白煙。

「居依，總有一天得退休的。」

他身子笨重地站了起來。于特大概體重有一百多公斤，身高一百九十五公分。

「我的火車二十點五十五分開。我們還有時間喝一杯。」

他在我前面順著過道走到衣帽間。這衣帽間奇怪地呈橢圓形，淺灰褐色的牆壁已褪了色。一個裝得太滿合不上的黑色皮包放在地上。于特拿起皮包，用一隻手托著它。

「你沒有行李嗎？」

「我提前寄走了。」

于特打開大門，我關上衣帽間的燈。在樓梯口，于特遲疑片刻，然後關上了門。聽到這金屬的啰嗒聲，我的心縮緊了。這聲音標誌著我生命中一個漫長時期的結束。

「叫人情緒低落，是吧，居依？」于特對我說，他從大衣口袋裡掏出了一方大手帕，用它擦了擦額角。

那塊長方形黑色大理石牌子依然在門上，牌子上用飾以閃光片的金色字母刻著：

C·M·于特

私人偵查所

「我留下它。」于特對我說。

然後他鎖了門。

我們沿著尼耶爾林蔭道[註]一直走到珀雷爾廣場[註]。天黑了下來，儘管已經進入冬季，空氣還很暖和。我們在珀雷爾廣場繡球花咖啡館的露天座上坐了下來。于特喜歡這家咖啡館，因爲它的椅子和以前一樣飾有凹槽。

「你呢，居依，你有什麼打算？」他喝了一口加水白蘭地，然後問我。

「我嗎？我找到了一條線索。」

「一條線索？」

「對。有關我過去的一條線索……」

我用故作莊重的語氣講了這句話，他聽了微微一笑。

「我一直相信總有一天你將尋回你的過去。」

這一次他說得鄭重其事，令我很感動。

「可是你看，居依，我在考慮是否值得這樣做……」

他沉默了。他在想什麼？他本人的過去？

「我給你一把事務所的鑰匙。你可以不時去一趟。這樣我會高興的。」

他遞給我一把鑰匙，我把它塞進褲子口袋裡。

「打電話到尼斯給我吧。告訴我……你過去的事……」

他說，站起來和我握手。

「要不要我陪你上火車？」

「哦！不，不……這樣太令人傷心了……」

他一大步就跨出了咖啡館，免得再回頭，我感到心裡空落落的。這個人對我恩重如山。十年前，當我突然患了失憶症，在迷霧中摸索時，如果沒有他，沒有他的說明，我不知道會變成什麼樣子。我的病情感動了他，他甚至靠關係拜託了很多人爲我搞了一個新身份。

「拿著，」他一邊對我說，一邊遞給我一個大信封，裡面有張身份證和一本護照，「現在你叫作『居依·羅朗』了。」

我是來向這位偵探討教，請他施展才幹爲我的過去尋找見證人和蛛絲馬跡的。他補充說：

「親愛的『居依·羅朗』，從現在起，不要再回頭看了，想想今天和未來吧。我建議你和我一道工作……」

他之所以同情我，是因爲——事後我聽說——他也失去了自己的蹤跡，他的一部分身世突然間好似石沉大海，沒有留下任何指引路徑的導線，任何把他與過去聯繫起來的紐帶。我目送這位身著舊大衣、手提黑色大公事包的筋疲力盡的老人在夜色中漸漸遠去，在他和過去的網球運動員，英俊的、一頭金髮的波羅的海男爵康斯坦丁・馮・于特之間，有什麼共同之處呢？

•保爾—杜梅林蔭大道，Avenue Paul-Doumer，位在巴黎第十六區，從特羅卡迪羅花園到米耶特堤道的快速道路。

•尼耶爾林蔭道，Avenue Niel，位在巴黎第十七區，于特的私人偵探社就在此處。

•珀雷爾廣場，Place Pereire，位在巴黎第十七區。于特和居依出辦公室向北走。

2

「喂！是保羅．索納希澤先生嗎？」

「正是。」

「我是居依．羅朗……你知道……」

「是呀，我知道！我們能見面嗎？」

「行……」

「比方……今晚九時左右在阿納托爾—德拉弗日街[註]……對你合適嗎？」

「一言爲定。」

「我等你。一會兒見。」

他啪嗒一聲掛了電話，汗水順著我的兩邊鬢角往下淌。剛才我喝了一杯白蘭地給自己壯膽。爲什麼在電話機上撥個號碼這樣微不足道的事，我做起來這麼難，這麼怕呢？

阿納托爾—德拉弗日街的酒吧裡一個顧客也沒有，他身穿外出時的服裝站在櫃檯後面。

「算你運氣好，」他對我說，「我每星期三晚上休息。」

他朝我走來，把手搭在我的肩頭。

「我非常想念你。」

「謝謝。」

「我的確惦著這件事。你知道……」

我想對他說別爲我操心，但是講不出口。

「最終我認爲你應該和我在某個時期經常見到的一個人十分親近……但這個人是誰呢？」

他搖了搖頭。

「你不能給我提供一點線索嗎？」

「不能。」

「爲什麼？」

「先生，我一點記性也沒有。」

他以爲我在開玩笑，彷彿這是鬧著玩或猜謎語，於是他對我說：

「好吧，我自己想辦法。你事事都讓我作主嗎？」

「可以這麼說。」

「那麼今晚我帶你去一位朋友家吃飯。」

出門前，他猛地拉下電錶的閘，關上實心木門，上了好幾道鎖。他的車停在對面的人行道上。這是輛黑色的新車。他彬彬有禮地爲我打開車門。

「這位朋友在阿夫雷城和聖克盧門交界處經營一家挺不錯的餐館。」

「我們要去那兒？」

「對。」

從阿納托爾—德拉弗日街，我們駛入大軍林蔭道[註]，我眞想馬上下車。

要一直開到阿夫雷城，我覺得受不了。但必須拿出勇氣來。

抵達聖克盧門[註]以前，我一直在和我的恐懼鬥爭。對這位索納希澤我幾乎一無所知。他會不會設個圈套讓我鑽呢？不過，聽著他講話，我漸漸放下心來。他一一說出他各個階段做過的工作。他先在俄國人的夜總會裡工作，然後在香榭麗舍大街的朗熱餐館和康邦街[註]的卡斯蒂耶旅館工作，在經營阿納托爾—德拉弗日街的酒吧前，他還在其他餐館酒店做過事。每一次，他都遇到讓·厄爾特這個人，二十年當中他們成了一對老搭檔。我們要去找的正是這位朋友。他們兩人一起準能解開我的謎。

索納希澤駕車十分小心，我們花了將近三刻鐘才抵達目的地。一座平房，左半部被一株垂柳遮住。在右側，我看見一叢灌木。餐館廳堂寬敞，一個人從照得雪亮的大廳盡頭朝我們走過來。他向我伸出手。

「很高興認識你，先生。我是讓·厄爾特。」

接著，他衝著索納希澤說：

「保羅，你好。」

他把我們帶到大廳盡頭。一張餐桌上擺好三副餐具，桌子中央有一束花。

他指著一扇落地窗說：

「我的顧客在另一座平房裡。是婚宴。」

「你從來沒來過這兒？」索納希澤問我。

「沒有。」

「那麼，讓，帶他看看周圍的景致吧。」

厄爾特領我走上陽台，陽台上有一片池塘。左邊，一座中國式的小拱橋通向池塘右岸的另一座平房。落地窗照得雪亮，我看見窗後有一對人在翩翩起舞。一陣陣音樂從那邊傳過來。

「他們人數不多，」他對我說，「我覺得這場婚禮最終會變成放蕩的聚會。」

他聳了聳肩膀。

「你應該夏天來，可以在陽台上用餐，挺舒服的。」

我們回到餐廳，厄爾特關上了落地窗。

「我們為你準備了一頓便餐。」

他示意我們坐下。他倆並排坐在我對面。

「你喜歡喝什麼酒？」厄爾特問我。

「什麼酒都行。」

「佩特呂城堡酒？」

「讓，這個主意好極了，」索納希澤說。

一位穿白上裝的年輕人爲我們斟酒上菜。壁燈的光直射在我身上，晃得我睜不開眼。他們坐在暗處，大概想把我看個清楚。

「讓，怎麼樣？」

厄爾特吃著肉凍，不時朝我投來銳利的目光。他和索納希澤一樣長著褐色頭髮，也和他一樣染了髮。皮膚粗糙，雙頰鬆弛，兩片美食家的薄嘴唇。

「是的，是的……」他喃喃自語。

強光下，他瞇著眼睛，爲我們斟了酒。

「是的……是的……我想我見過先生。」

「這件事的確傷腦筋，」索納希澤說，「先生拒絕給我們提供線索……」

他似乎突然靈機一動。

「也許你希望我們不再談這件事？你寧願隱姓埋名？」

「根本不是。」我微笑著說。

年輕人端來一盤小牛犢的胸脯肉。

「你從事什麼職業？」厄爾特問我。

「我在一家私人偵探事務所，C・M・于特事務所工作了八年。」

他們打量著我，驚訝得發愣。

「但這和我以往的生活一定毫無關係，所以你們不必考慮這一點。」

「眞奇怪，」厄爾特定睛望著我說，「別人看不出你的年齡。」

「大概因爲我留了鬍子。」

「你沒留鬍子的話，」索納希澤說，「也許我們立即就能認出你來。」

他伸出手，平放在我的鼻子上方遮住鬍子，然後像肖像畫家面對他的模特兒，瞇起眼睛注視我。

「我越看先生越覺得他是會去泡夜店的那種人……」厄爾特說。
「什麼時候的事？」索納希澤問道。
「呵！……很久以前……保羅，我們不在夜總會工作已有很長時間了……」
「你認爲這是塔納格拉夜總會時期的事？」
厄爾特定睛望著我，目光愈來愈強烈。
「請原諒，」他對我說，「你能不能站起來一小會兒？」
我站起來。他上上下下地打量了我一番。
「對，我想起了一位顧客。你的身材……等等……」
他舉起一隻手僵在那裡，彷彿想留住一個稍縱即逝的東西。
「等等……等等……保羅，我想起來了……」
他露出一絲得意的笑容。
「你可以坐下了。」
他高興得手舞足蹈。他相信即將說出的事肯定奏效。他彬彬有禮地爲我和索納希澤斟了酒。

「是這樣……那時總有一個人陪著你，和你個頭一般高……也許更高一點……保羅，你想起來了嗎？」

「你講的是什麼時候的事？」索納希澤問道。

「當然是塔納格拉時期……」

「一位和他個頭一般高的人？」索納希澤爲自己重複了一遍，「在塔納格拉？」

「你想不起來？」

厄爾特聳了聳肩膀。

現在輪到索納希澤露出得意的笑容了。

「我想起來了……」

「什麼？」

「斯蒂奧帕。」

「對呀。斯蒂奧帕……」

索納希澤朝我轉過身來。

「你認識斯蒂奧帕嗎？」

「也許認識。」我小心地回答。

「你認識……」厄爾特說，「你常和斯蒂奧帕在一起……我能肯定……」

「斯蒂奧帕……」

聽索納希澤的發音，這一定是個俄國人的名字。

「每次總是他要求樂隊演奏《阿拉維爾迪》……」厄爾特說，「一首高加索的歌曲。」

「你記起來了嗎？」索納希澤用力捏住我的手腕對我說，「《阿拉維爾迪》……」

他吹起這首歌的曲調，兩眼放光。我也一樣，驟然間，我心潮起伏。我似乎聽過這首曲子。

這時，伺候我們吃飯的那名侍者走近厄爾特，向他指了指大廳盡頭。

一位女子獨自坐在光線昏暗的一張桌邊。她身著一條淡藍色的連衣裙，用手心托著下巴。她在想什麼心事？

「是新娘。」

「她在那兒做什麼？」厄爾特問道。

「我不知道。」侍者回答。

「你問過她想要什麼嗎？」

「不，不。她什麼也不想要。」

「其他人呢？」

「他們又要了十來瓶克呂格酒。」

厄爾特聳了聳肩膀。

「這事我管不著。」

索納希澤根本沒有注意新娘和他們說的話，他一再對我說：

「那麼……斯蒂奧帕……你記得斯蒂奧帕嗎？」

他那樣心神不定，我終於帶著神秘的微笑回答他說：

「對，對。有點印象……」

他轉向厄爾特，用莊嚴的聲調對他說：

「他記得斯蒂奧帕。」

「我早料到了。」

白上裝侍者一動不動地站在厄爾特面前，表情尷尬。

「先生，我想他們要開房間了……該怎麼辦？」

「不出所料，」厄爾特說，「這場婚宴不會有好結果……噯，老弟，隨他們去吧。這事和我們無關……」

那邊的新娘仍然坐在桌邊一動不動。她把雙臂交叉在胸前。

「我不明白她爲什麼獨自一個人呆在那兒，」厄爾特說，「反正這和我們毫不相干。」

他手背一揮，好像在趕一隻蒼蠅。

「咱們言歸正傳，」他說，「那麼你承認認識斯蒂奧帕？」

「對。」我歎了口氣。

「這麼說你們屬於同一幫人……一幫快活放蕩的人，嗯，保羅？……」

「呵！……他們已經全數亡故了，」索納希澤聲調悲切地說，「除了你，先生……我很高興能夠給你……給你確認了方位……你屬於斯蒂奧帕那幫人……我祝賀你……那個時代比我們這個時代美好得多，尤其人的素質比今天好……」

「尤其是我們那時更年輕。」厄爾特笑著說。

「這是什麼時候的事？」我問他們，心怦怦直跳。

「我們記不清日期，」索納希澤說，「無論如何，這是八百輩子以前的事了。」

他突然變得十分沮喪。

「有時會有巧合。」厄爾特說。

他站起來，朝大廳一角的一個小吧台走去，給我們帶回一份報紙。

他不停翻頁，終於把報紙遞給我，指著上面的這則啓事：

瑪麗．德．羅桑的子女、孫子、侄子和侄孫，以及友人喬治．薩謝和斯蒂奧帕．德．扎葛里耶夫宣佈，瑪麗．德．羅桑于十月二十五日逝世，享年九十二歲。

十一月四日下午四時將在聖熱納維耶芙・德布瓦公墓禮拜堂舉行宗教儀式並下葬。
十一月五日將在巴黎第十六區克勞德・洛倫街[註]十九號俄羅斯東正教堂舉行九日彌撒。
不再另行通知。

「這麼說，斯蒂奧帕還活著？」索納希澤說，「你還與他見面嗎？」

「不。」我說。

「你做得對。必須在現時生活。讓，給我們來點燒酒吧？」

「立刻就來。」

從這一刻起，他們似乎對斯蒂奧帕和我的過去完全失去了興趣。不過沒有關係，因爲我終於掌握了一條線索。

「你能把這份報紙留給我嗎？」我裝作無所謂地問道。

「當然。」厄爾特說。

我們碰了杯。這麼說，過去的我在這兩位酒吧間老闆的記憶裡只剩下一個身影，它還被另一個叫做斯蒂奧帕．德．札戈里耶夫的傢伙的身影遮去了一半。而這位斯蒂奧帕，照索納希澤的話說，他們很久以前就沒他音信了。

「這麼說，你是私家偵探？」厄爾特問我道。

「現在不是了。我的老闆剛剛退休。」

「你呢？你繼續幹嗎？」

我聳了聳肩膀，沒有回答。

「不管怎樣，我非常高興再見到你。你隨時可以來這兒。」

他站起來，向我們伸出手。

「請原諒……我下逐客令了，我還有帳要算……還有那些人，他們的放蕩……」

他朝池塘那邊指了指。

「讓，再見。」

「保羅，再見。」

厄爾特若有所思地望著我。他緩緩地說：

「現在你站著，我又回想起別的事……」

「他讓你想起什麼了？」索納希澤問道。

「我們在卡斯蒂耶旅館工作時，有位顧客每天很晚才回來……」

索納希澤把我從頭到腳打量了一番。

「不管怎樣，」他對我說，「你有可能在卡斯蒂耶旅館住過……」

我尷尬地笑了笑。

索納希澤挽住我的胳膊，我們穿過比來時更暗的餐館大廳。穿淡藍連衣裙的新娘已不在桌邊了。外面，我們聽到陣陣音樂聲和笑聲從池塘那一邊傳來。

「對不起，」我對索納希澤說，「你能不能再唱一遍那位……那位叫什麼來著，總要求演奏的歌曲？」

「那位斯蒂奧帕？」

「對。」

他用口哨吹出那首歌的前面幾小節，然後停了下來。

「你會再見到斯蒂奧帕嗎？」

「也許吧。」

他用力握住我的手臂。

「請告訴他索納希澤仍然時常想念他。」

他的目光久久停留在我身上。

「說到底，讓也許是對的。你在卡斯蒂耶旅館住過……你努力回想一下……卡斯蒂耶旅館，康邦街……」

我轉過頭去，打開車門。有個人蜷縮在前座上，額頭靠著車窗玻璃。我俯下身去，認出了新娘。她睡著了，淡藍色連衣裙撩了起來，露出半截大腿。

「得把她弄出來。」索納希澤對我說。

我輕輕搖了搖她，她沒有醒。於是，我攔腰抱起她，把她抱出了車子。

「總不能把她放在地上。」我說。

我一直把她抱到旅店。她的頭在我的肩膀上晃來晃去，金黃色的頭髮撫弄著我的脖頸。

她身上有股胡椒的香味，使我回想起什麼。但究竟是什麼呢？

• 阿納托爾—德拉弗日街，Rue Anatole de la Forge，位在巴黎第十七區。
• 大軍林蔭道，Avenue de la Grande-Armée，分隔巴黎第十六及十七區的大道。
• 康邦街，Rue Cambon，街上的卡斯蒂耶旅館Castille是書中重要場景。
• 阿夫雷城，Ville-d'Avray，法國法蘭西島大區上塞納省的市鎮，屬於布洛涅—比揚古區。大約是從酒吧向西南方行駛。
• 聖克盧門，Porte de Sant-Cloud，巴黎市西南方的門戶。
• 克勞德．洛倫街，Rue Claude-Lorrain，第十六區，附近有俄羅斯東正教教堂。

3

五點四十五分。我建議計程車司機在夏爾─瑪麗─維多爾小街[註]等我。

我沿這條小街一直走到俄羅斯東正教堂所在的克勞德．洛倫街。一座二層小樓，窗上掛著薄紗窗簾。右側有條寬闊的林蔭道。我守候在對面的人行道上。

我首先看見兩名婦女在小樓臨街的門前停下。一位留著褐色的短髮，戴條黑羊毛披肩，另一位金色頭髮，化了濃妝，戴頂灰帽子，形狀如同火槍手的帽子。我聽見她們在講法語。

從一輛計程車走下一位肥胖的老人，頭全禿了，有蒙古褶的眼睛下眼囊很大。他走進了林蔭道。

左邊，從布瓦洛街[註]有五個人朝我走來。前面是兩位中年女子，她們攙扶著一位老人，老人面色慘白，身體虛弱，好像一尊石膏像。走在後面的兩個男人面貌相似，一定是父子，各穿一套樣式美觀的灰色條紋西裝，父親像個自炫其美的男子，兒子一頭波浪形的金髮。此時，一輛轎車在這群人身邊剎住，從車子裡又走下一位老人，腰板挺直，動作敏捷，披一領羅登厚呢短斗篷，灰色頭髮理成刷子狀。他有軍人的風度。他是不是斯蒂奧帕呢？

他們全從林蔭道盡頭的邊門進入教堂。我很想隨他們進去，但是我在他們中間會引起他們注意。想到我有可能認不出斯蒂奧帕，我的心情越來越焦慮。

一輛汽車剛剛停放在右側稍遠處，從車裡下來兩個男人和一個女人。男人中有一位個子高大，身穿海軍藍大衣。我穿過街道等著他們。

他們走近了，走近了。我覺得高個男子和另外兩個人走上林蔭道前曾盯著我看。開向林蔭道的彩繪玻璃窗後面，大蠟燭點著了。他低下頭跨進對他而言太矮的門。我確信他就是斯蒂奧帕。

計程車的馬達仍在轉著，但駕駛座上沒有人。一扇車門半開著，彷彿司機隨時會回來。他能去哪兒呢？我環顧四周，決定繞著這片房屋走一圈去找找看。

我在夏爾東─拉加什街[註]一家很近的咖啡館裡找到了他。他坐在一張桌邊喝啤酒。

「你還需要很長時間嗎？」他對我說。

「噢……需要二十分鐘。」

這是位金髮男子，皮膚白皙，腮幫子很大，有雙凸出的藍眼睛。我相信我從未見過一個男人有如此厚的耳垂。

「我讓計程器繼續走沒關係吧？」

「沒關係。」我說。

他親切地微微一笑。

「你不怕人偷你的車？」

他聳了聳肩膀。

「你知道……」

他要了一份肉醬三明治，一本正經地吃著，一邊目不轉睛地望著我。

「你在等什麼，確切地說？」

「等一個人，他應該會從稍遠的俄羅斯教堂出來。」

「你是俄國人？」

「不是。」

「這多傻……你該問問他幾點出來……這樣你可以少花些錢……」

「算了。」

他又要了一杯啤酒。

「你能替我買份報紙嗎？」他對我說。

他匆匆在衣服口袋裡找硬幣，但我攔住了他。

「請別客氣……」

「謝謝。請給我買份《刺蝟報》。再次謝謝，嗯……」

我逛了很久才在凡爾賽大街[註]找到一個報攤。《刺蝟報》是一種紙張呈奶油綠色的出版物。

他皺起眉頭讀報，用舐濕的食指翻著報頁。我則注視著這個金髮碧眼、皮膚白皙的胖子讀他的綠色報紙。

我不敢打斷他讀報。終於，他看了一下他的微型手錶。

「該走了。」

夏爾—瑪麗—維多爾小街，他坐到計程車的駕駛盤前，我求他等等我。我再次守候在俄羅斯教堂前，但在對面的人行道上。

一個人也沒有。或許他們全走了？這樣我就沒有任何機會再找到斯蒂奥帕·德·札戈里耶夫的行蹤了，因爲巴黎社交人名錄上沒有他的名字。林蔭道那一側的彩繪玻璃窗後仍然點著大蠟燭。我認識那位爲她做彌撒的老太太嗎？如果我常和斯蒂奥帕來往，他很可能向我介紹過他的朋友，其中一定有這位瑪麗·德·羅桑。那時她的年紀應該比我們大很多。

他們走進去的那扇門應該通向舉行儀式的禮拜堂，我不停地監視著這扇門，它突然打開了，門口出現了戴火槍手帽的金髮女子，後面跟著戴黑羊毛披肩的褐髮女子。接著是穿灰色條紋西服的父子倆，他們扶著那位石膏老人，老人正和一位相貌似蒙古人的禿頂胖子講著話。胖子俯下身，耳朵幾乎貼到交談者的嘴邊：石膏老人的聲音一定細若游絲。他們後面還有些人出來。我窺伺著斯蒂奧帕，心怦怦直跳。

終於，他隨著最後一批人走了出來。他的高大身材和海軍藍色大衣使我不會跟丟目標。他們人數眾多，至少有四十人。大多數上了些年紀，但我也注意到幾位年輕女子，甚至還有兩個小孩。他們全待在林蔭道上，互相交談著。

眼前的景象好似外省一所學校的操場。面色如石膏的老人坐在一張長椅上，他們一個個輪流來向他致意。他是誰？是報紙訃聞裡提到的『喬治．薩謝』嗎？或者曾是侍從學校的學生？也許在一切分崩瓦解之前，他和這位瑪麗．德．羅桑太太在聖彼得堡或黑海海濱有過一段短暫的戀情？有蒙古褶眼睛的禿頭胖子身邊也圍了許多人。身著灰色條紋西裝的父子倆在一群群人之間走來走去，彷彿在社交場上周旋于各個餐桌之間的兩名男舞蹈演員。他們顯得自命不凡，父親不時仰面大笑，我覺得這非常失禮。

斯蒂奧帕一本正經地和戴灰色火槍手帽的女子談著話。他既親切又恭敬地挽著她的手臂，扶著她的肩頭。他原先一定是個美男子。我想他已年屆七十。他的臉有些臃腫，前額光禿禿的，但我覺得那只頗大的鼻子和頭部的姿態顯得十分高雅。至少這是我遠距離獲得的印象。

時間在流逝。過了近半個小時，他們仍在談話。我擔心其中有人最終會注意到站在人行道上的我。那個計程車司機呢？我大步走到夏爾—瑪麗—維多爾小街。馬達仍在轉，他坐在駕駛盤前埋頭讀那份奶油綠色的報紙。

「怎麼樣？」他問我。

「我不知道，」我對他說，「也許還得等一小時。」

「你的朋友還沒走出教堂？」

「出來了，可是他在和其他人聊天。」

「你不能叫他來嗎？」

「不能。」

他神情不安地用鼓出的藍眼珠凝視著我。

「你別擔心。」我對他說。

「這是爲了你……我不得不讓計程器繼續走……」

我回到面對俄羅斯教堂的我的崗位。

斯蒂奧帕向前走了幾米，不再待在林蔭道盡頭。他站在人行道上，在一群人的中央，他們是戴火槍手帽的金髮女子、戴黑披肩的褐髮女子、有蒙古褶眼睛的禿頭以及另外兩個男人。

這一次，我穿過街道站在他們身邊，背對著他們。講俄語的綿軟的聲音包圍了我，那個比別人更緩慢、更洪亮的嗓音，是不是斯蒂奧帕的呢？我轉過身來。他久久地擁抱那位戴火槍手帽的金髮女子，幾乎搖晃著她，面孔皺緊了，痛苦地咧著嘴勉強笑了笑。接著他以同樣的方式擁抱有蒙古褶眼睛的禿頭胖子以及其他的人。「他要離開了。」我想。我一路跑到計程車那裡，撲到座椅上。

「快……一直開……到俄羅斯教堂前面……」

斯蒂奧帕仍在講話。

「我怎麼辦？」司機問。

「你看見那位穿海軍藍大衣的高個子了嗎？」

「看見了。」

「如果他上車，必須跟著他。」

司機轉過身盯著我看，那雙藍眼睛凸了出來。

「先生，我希望這不會有危險吧？」

「你放心。」我對他說。

斯蒂奧帕離開人群走了幾步，沒有轉過身，揮著手臂。其他人僵在那裡，目送他走遠。戴火槍手灰帽的女子稍稍站在這群人前面，挺著胸，宛若古帆船船首的頭像，帽子上的大羽毛被微風輕拂著。

他花了一些時間才打開車門。我想他是弄錯了鑰匙。等他坐到駕駛盤前，我俯身對計程車司機說：

「你跟著那個穿海軍藍大衣的傢伙開的車。」

我希望沒有搞錯線索，因爲沒有任何跡象表明這個人確實是斯蒂奧帕·德·札戈里耶夫。

● 夏爾—瑪麗—維多爾小街，Rue Charles-Marie-Widor，位在巴黎第十六區。街名是紀念法國十九世紀管風琴音樂家。

● 布瓦洛街，Rue Boileau，位在巴黎第十六區。街名紀念法國十七世紀詩人尼古拉．布瓦洛。

● 夏爾東—拉加什街，Rue Chardon-Lagache，位在巴黎第十六區。

● 凡爾賽大街，Avenue de Versailles，位在法國第十六區，從聖克盧門到法國廣播電台之間，全長兩公里。

4

跟蹤他並不困難：他車開得很慢。在馬約門站[註]他闖了紅燈，計程車司機不敢跟進。我們在莫里斯—巴雷斯林蔭大道[註]追上了他。我們的兩輛車並排停在一條斑馬線前。他不經意地看了我一眼，正如遇到塞車時並排的駕車者互相對視一樣。

他把車停放在裡夏爾—瓦拉斯大街[註]，鄰近皮托橋[註]和塞納河的最後幾棟大樓前。他走進于連—波坦街[註]，我付了計程車的車錢。

「先生，祝你好運，」司機對我說，「當心點……」

我猜想當我也走進于連—波坦街時，他的目光一直伴隨著我。或許他爲我擔心。

夜幕降臨。一條狹窄的街道，兩次大戰間的那種毫無特色的高樓矗立兩側，在于連—波坦街的兩端間組成兩道長長的牆。斯蒂奧帕走在前面，與我相距十米左右。他朝右拐進埃奈斯特—德盧瓦松街[註]，走進一家食品雜貨鋪。

上前與他攀談的時刻來臨了。這對我是件極為困難的事，因為我很靦腆，而且擔心他把我當成瘋子。和他講話時我會結結巴巴、語無倫次。除非他立即認出我，那樣我就可以讓他開口了。

他走出雜貨鋪，手裡拿著一個紙包。

「是斯蒂奧帕．德．札戈里耶夫先生嗎？」

他的確吃了一驚。我們倆個頭一般高，我因此更加膽怯。

「是我。你是誰？」

不，他沒有認出我。他講法語沒有口音。必須拿出勇氣來。

「我……我早就想見你……」

「為什麼呢，先生？」

「我寫……我在寫一本關於流亡的書……我……」

「你是俄國人？」

這是別人第二次向我提出這個問題。計程車司機問過我。說到底，或許我是俄國人。

「不是。」

「你對流亡問題感興趣？」

「我……我……我在寫一本關於流亡的書。這是……這是……有個人建議我去看你……保羅·索納希澤……」

「索納希澤？」

他照俄語發音說出這個名字。非常柔和，好似風吹過樹葉的颯颯聲。

「一個喬治亞人註的名字……我不認識……」

他蹙起眉頭。

「索納希澤……不……」

「先生，我不想打擾你。只想向你提幾個問題。」

「非常高興……」

他微微一笑，淒涼的笑。

「流亡，一個悲慘的題目……可是你怎麼會叫我斯蒂奧帕的……」

「我……不……我……」

「叫我斯蒂奧帕的人大多已經過世，剩下的恐怕屈指可數了。」

「是……那位索納希澤……」

「不認識。」

「我可以……向你……提……幾個問題嗎？」

「可以。你願意去我家嗎？我們在家裡談。」

在于連—波坦街上，我們走過一座車輛可以通過的大門，然後穿過一個大院子，院子四周高樓林立。我們乘坐有雙扉門、帶鐵柵欄的木電梯。由於我們身材高大，而電梯窄小，我們不得不低著頭，各自面向電梯內壁，以免互碰額角。

他住在六樓一套兩房公寓裡。他在臥室接待我，自己在床上躺下來。

「請原諒，」他對我說，「天花板太矮了，站著喘不過氣來。」

的確，天花板離我的頭頂只有幾釐米，我不得不低頭彎腰。而且，我和他，我們比通鄰室的門的門框還高出一頭，我猜想他常常撞傷額角。

「如果你願意，你也躺下吧……」他向我指了指窗邊一個淺綠絨面的小沙發。

「請別拘束……你躺著會舒服得多……即使坐著也會覺得是在一個太小的籠子裡……不，不……躺下吧……」

我躺了下來。

他開了床頭櫃上帶橙紅色燈罩的檯燈，它形成一個柔和的光源，在天花板上投下暗影。

「這麼說，你對流亡問題感興趣？」

「非常感興趣。」

「可是，你還很年輕……」

年輕？我從未想過我可能還年輕。我身邊的牆上掛著一面鑲金框的大鏡子。我注視著自己的臉。年輕嗎？

「呵……我可不年輕了……」

片刻的沉默。我們各自躺在房間的一側，活像兩個抽鴉片的人。

「我剛參加了一個葬禮，」他對我說，「可惜你沒有遇到過剛辭世的那位老太太……她可以跟你講述許多許多事……她是流亡貴族中最引人注目的人物之一……」

「是嗎？」

「一位非常勇敢的女子。起初，她在塔博山街開了一家小茶館，她說服所有的人……這是十分困難的……」

他坐在床沿上，彎腰曲背，雙臂交叉于胸前。

「當年我十五歲……如果我計算一下，剩下的人不多了……」

「還剩下……喬治．薩謝……」我隨口說。

「活不了多久了。你認識他？」

是那位石膏老人？還是蒙古人長相的禿頭胖子？

「聽著，」他對我說，「我再也不能談這些事了……我談起來太傷心……我能給你看一些照片……後面有姓名和日期……你自己想法應付吧……」

「謝謝你這麼費心。」

他沖我笑了笑。

「我有許多照片……我在後面寫了姓名和日期，因爲一切都會淡忘……」

他站起來，彎著腰走進鄰室。

我聽見他打開一個抽屜。他回來時手裡拿著一個大紅盒子。他席地而坐，背靠著床沿。

「你坐到我身邊來。這樣看照片更方便些。」

我照辦了。盒蓋上用哥德式字體鐫刻著糖果廠廠主的姓名。他打開盒子，裡面裝滿照片。

「這裡有流亡者的照片。」他對我說。

他把相片一張張遞給我，一面念背面的姓名和日期，彷彿在念禱告文，其中俄國人的名字發出特別的音響，時而如鐃鈸一般響亮，時而如一聲哀鳴，或者低得幾乎聽不見。特魯貝茨考依。奧伯利亞尼。謝雷麥特夫。加利津納。埃裡斯托夫。奧博朗斯基。巴格拉蒂翁。察夫查瓦澤……有時，他從我手中拿回相片，再看一遍姓名和日期。節日照片。

革命很久以後在巴斯克城堡一次盛宴上伯里斯大會的餐桌。一九一四年一次晚宴的黑白照片上這一張張喜氣洋洋的臉……彼得堡亞歷山大中學一個班級的照片。

「我的哥哥……」

他愈來愈快地把照片遞給我，不再看照片一眼。看來他急於了結此事。突然，我的目光停留在一張照片上，它的紙面比其他照片厚。

沒有任何說明。

「怎麼？」他問我道，「先生，有什麼令你好奇嗎？」

近景，一位老人腰板挺直，微笑著坐在一張扶手椅裡。他身後是位眼睛明亮的金髮年輕女子。周圍是三三兩兩的人群，大多數只看到背影。靠左邊，一位身材十分高大的男子，穿一套淺色方格細呢西裝，年紀三十上下，黑頭髮，細細的唇髭，一隻手搭在金髮年輕女子的肩頭，右臂被照片的邊緣切去了。我眞的以爲這就是我。

我向他靠近。我們背靠床沿，在地上伸直了腿，肩膀貼著肩膀。

「告訴我這些人是誰？」我問他道。

他拿起照片，神情疲憊地注視著它。

「他是喬吉亞澤……」

他向我指著坐在扶手椅裡的老人。

「他曾在喬治亞駐巴黎領事館，直到……」

他沒有把話說完，彷彿我應該立即明白下文。

「她呢，是他的外孫女……大家叫她蓋兒……蓋兒・奧爾洛夫……她和父母流亡到美國……」

「你認識她嗎？」

「不大熟悉。不。她在美國待了很久。」

「他呢？」我指著照片上的自己，用失真的聲音問道。

「他？」

他蹙起眉頭。

「他……我不認識他。」

「眞的？」

「不認識。」

我大大吸了一口氣。

「你不覺得他像我嗎？」

他注視著我。

「他像你？不。爲什麼？」

「不爲什麼。」

他遞給我另一張相片。

「拿著……事有湊巧……」

這是一位小姑娘的相片。她身穿白色連衣裙，留著長長的金色頭髮，相片是在海水浴療養地拍的，因爲上面有更衣室，一片沙灘和海水。背面用紫墨水寫著：「瑪拉·奧爾洛夫，於雅爾達。」

「你看……這是同一位……蓋兒·奧爾洛夫……她名叫瑪拉……還沒有取美國名字……」

他向我指了指我一直拿著的另一張照片上的年輕金髮女子。

「我母親保留了所有這些東西……」

他突然站起來。

「我們停下來你不介意吧？我頭有點暈……」

他用手摸了摸額頭。

「我去換衣服……如果你願意，我們可以一起吃晚飯……」

我獨自坐在地上，身邊散落著相片。我把相片裝進大紅盒子，只留下兩張放在床上：我站在蓋兒．奧爾洛夫和老喬吉亞澤身邊的那張，和童年的蓋兒．奧爾洛夫在雅爾達的那張。

我站起來，走到窗前。

天黑了。窗戶開向另一個四周有樓的大院子。遠處是塞納河，左邊是皮托橋，以及向前延伸的島。橋上車輛川流不息。我注視著大樓的這一個個正面，照得通明的這一扇扇窗戶，它們和我站在其後的窗戶一模一樣。在這迷宮似的樓群、樓梯和電梯中，在這數百個蜂窩中間，我發現了一個人，或許他……。

我把額頭貼在窗玻璃上。下面，一團黃光照亮每座大樓的入口，徹夜不熄。

「餐館就在旁邊。」他對我說。
我拿起留在床上的兩張照片。
「德．札戈里耶夫先生，」我對他說，「你能不能把這兩張照片借給我？」
「我送給你。」
他向我指著紅盒子說：
「我把所有照片都送給你。」
「可是……我……」
「拿著吧。」
他用命令的口氣，我只好從命。我們離開套房，我把大盒子挾在腋下。
到了樓下，我們沿克尼格將軍濱河路[註]往前走。
我們走下一個石扶梯，在那兒，緊挨塞納河邊，有座磚房。門上方有塊招牌：『島酒吧餐廳』。我們走進去。一間大廳，天花板很低，有一些鋪著白紙桌布的桌子和一些柳條扶手椅。憑窗可看到塞納河和皮托島的燈光。我們在大廳盡頭坐下。我們是唯一的顧客。

斯蒂奧帕在袋子裡翻找，把我見他在食品雜貨鋪買的那包東西放在桌子中間。

「和往常一樣？」侍者問他道。

「和往常一樣。」

「先生呢？」侍者指著我問。

「我和先生吃一樣的東西。」

侍者很快給我們端來兩盤波羅的海鯡魚，又在小酒杯裡倒了礦泉水。斯蒂奧帕從桌子中間的包裡拿出幾根黃瓜，我們分著吃了。

「這樣行嗎？」他問我道。

「行。」

我把紅盒子放在我身邊的一張椅子上。

「你眞的不願意保留這些紀念品嗎？」我問他。

「不。現在它們是你的了。我把火炬傳給你。」

我們默默地吃著。一條駁船駛過，它離我們那樣近，我透過窗戶看到船上的人圍著一張桌子也在吃晚飯。

「這位……蓋兒．奧爾洛夫？」我對他說，「你知道她近況如何嗎？」

「蓋兒．奧爾洛夫？我想她已經死了。」

「死了？」

「好像是。我大概見過她兩三次……我對她不熟悉……我母親是老喬吉亞澤的朋友。再吃塊黃瓜？」

「謝謝。」

「我相信她在美國過著顛沛流離的生活……」

「你知道有誰能提供我關於這位……蓋兒．奧爾洛夫的消息嗎？」

他向我投以同情的眼光。

「可憐的朋友啊……似乎是沒有……也許有一個，在美國……」

又有一條駁船經過，黑壓壓的，速度很慢，彷彿無人駕駛。

「飯後我總會吃一根香蕉，」他對我說，「你呢？」
「我也一樣。」
我們吃了香蕉。
「這位……蓋兒．奧爾洛夫的父母呢？」我問道。
「他們大概死在美國了。到處都死人，你知道……」
「喬吉亞澤在法國沒有親人嗎？」
他聳聳肩膀。
「你爲什麼對蓋兒．奧爾洛夫如此感興趣呢？她是你姐妹？」
他親切地沖我笑了笑。
「來杯咖啡？」他問我。
「不，謝謝。」
「我也不要。」
他想付帳，但我搶先付了。我們走出「島」餐館，他挽著我的胳膊走上堤岸的樓梯。

起霧了。既輕柔又冰冷的霧，清涼的空氣沁人心脾，你彷彿覺得在空中飄浮。在濱河路的人行道上，我幾乎分辨不出幾米之外的樓群。

彷彿他是個盲人，我一路帶著他到大院子，四周樓梯入口處黃光點點，構成僅有的路標。他和我握了手。

「還是想辦法找到蓋兒．奧爾洛夫吧，」他對我說，「既然你執意要這樣做……」

我目送他走進大樓亮著燈的前廳。他停下來朝我揮了揮手。我一動不動，大紅盒子挾在腋下，好像剛吃完生日點心回來的孩子。此刻我相信他仍在和我講話，但是夜霧壓低了他的聲音。

●馬約門，Porte Maillot，廣場橫跨巴黎十六及十七區，馬約門站是巴黎地點一號線的重要車站，曾是該線的起迄站。自此主角跟蹤斯蒂奥帕從馬約門向西離開巴黎，連接夏爾—瓦拉斯大街，再右轉于連—波坦街停車。

•莫里斯—巴雷斯林蔭大道，Boulevard Maurice-Barrès，在巴黎以西塞納河畔納依鎮，屬於上塞納省。
•皮托橋，Pont de Puteaux，從塞納河畔納依鎮向西到皮托鎮間，橫跨塞納河上，長約三百五十公尺的橋梁。
•夏爾—瓦拉斯大街，Boulevard Richard-Wallace，位於塞納河畔納依鎮。
•于連—波坦街，Boulevard Julien-Potin，位於塞納河畔納依鎮內。
•埃奈斯特—德盧瓦松街，Rue Ernest-Deloison，位於塞納河畔納依鎮內，可通向塞納河畔。
•喬治亞，一九九一年蘇聯解體後獨立的國家。位於亞洲西南部高加索地區的黑海沿岸，北鄰俄羅斯，南部與土耳其、亞美尼亞、亞塞拜然接壤。
•克尼格將軍濱河路，Quai du Général-Kœnig，塞納河畔納依鎮內依傍塞納河的道路。

5

明信片上是夏季的英國人散步大道[註]。

親愛的居依，來信已收到。這裡的日子毫無變化，但尼斯是座十分美麗的城市，你應該來看看我。奇怪的是，有時我會在路口碰到一個三十年未曾見面的人，或者我以爲已經往生的人。我們彼此都嚇了一跳。尼斯是座鬼魂幽靈之城，但是我不希望立即加入它們的行列。至於你尋找的那位女子，最好你給貝納爾迪打個電話：麥克馬洪00—08。他與各情報機構保持密切的聯繫，他將很高興爲你提供消息。親愛的居依，我期待著在尼斯見到你。

關心你的忠實朋友

于特

你知道事務所的房子是供你使用的。

●英國人散步大道，la Promenade des Anglais，法國南部尼斯著名的濱海大道。

6

一九六五年十月二十三日

調查對象：瑪拉．奧爾洛夫，又名蓋兒．奧爾洛夫。

出生日期和地點：一九一四年生於莫斯科（俄國）。

父：基里爾．奧爾洛夫，母：伊蕾娜．喬吉亞澤。

國籍：無國籍（奧爾洛夫小姐的雙親和她本人都是俄國難民，蘇維埃社會主義共和國聯盟政府不承認他們爲本國僑民）。奧爾洛夫小姐持普通居留證。奧爾洛夫小姐一九三六年從美國來到法國。她在美國時曾與瓦爾多．布朗特先生結婚，爾後離婚。

奧爾洛夫小姐先後居住在：

巴黎（第八區）馬戲場街[註]十八號夏托布里昂旅館；

巴黎（第八區）蒙泰涅大街註五十三號；

巴黎（第十六區）利奧泰元帥大街註二十五號。

來法國前，奧爾洛夫小姐在美國可能當過舞蹈演員。在巴黎，她生活奢侈，但收入來源不詳。一九五〇年，奧爾洛夫小姐因過量服用巴比妥酸劑，在巴黎（第十六區）利奧泰元帥大街二十五號寓所去世。

其前夫瓦爾多．布朗特先生自一九五二年起旅居巴黎，在多家夜總會擔任鋼琴演奏員。他是美國公民，一九一〇年九月三十日生於芝加哥。居住證號：NO 534HC828。

除這張打字卡片外，還有一張尙—皮耶．貝納爾迪的名片，上面寫：

以上是目前掌握到的情況。致以親切的問候。代向于特問好。

● 馬戲場街，Rue du Cirque，位於巴黎第八區。

● 蒙泰涅大街，Avenue Montaigne，位於巴黎第八區。

● 利奧泰元帥大街，Avenue du Maréchal-Lyautey，位於巴黎第八區。第八區在塞納河右岸，以巴黎歌劇院爲中心，擁有眾多名勝，包括香榭麗舍大街、凱旋門和協和廣場。

7

玻璃門上，一張海報宣佈：**鋼琴家瓦爾多．布朗特每天十八時至二十一時在希爾頓飯店酒吧演奏**。

酒吧間客滿，沒有座位，只在一位戴金邊眼鏡的日本人的桌邊還有一把空的扶手椅。我俯下身問他是否可以坐下，他沒聽懂，等我坐了下來，他絲毫不予理會。

一些美國或日本顧客走進來，他們互相打招呼，說話音量越來越大聲。他們停留在桌子之間，有些人一杯在手，靠著椅背或扶手。一位年輕女子甚至高高坐在一位灰頭髮男人的膝蓋上。

瓦爾多．布朗特遲到了一刻鐘，他坐到鋼琴前。一個胖胖的小個子男人，禿頭，唇髭稀疏。身穿一套灰西裝。他先掉過頭來，環視坐得很擠的一張張桌子。然後用右手輕撫琴鍵，隨意地用力彈了幾個和絃。

我很幸運，坐在離他最近的一張桌邊。

他開始彈奏一首曲子，我想是《在老巴黎的堤岸上》註。但是談話聲和笑聲使人幾乎聽不見音樂，我雖然離鋼琴很近，也捕捉不到全部的音符。他泰然自若地繼續彈奏，上身筆直，頭向前傾。我爲他感到難過：我想在他一生的某個時期，曾有人聆聽他彈鋼琴。後來他不得已，漸漸習慣了蓋住他琴聲的、嗡嗡響個不停的嘈雜聲。如果我講出蓋兒．奧爾洛夫的名字，他會說什麼呢？這個名字會使他暫時放棄繼續彈奏樂曲的那種蠻不在乎的態度嗎？抑或它喚不起他任何回憶，正如琴聲壓不住交談的喧嘩？

酒吧間漸漸空了，只剩下我、戴金邊眼鏡的日本人和原先坐在灰頭髮男人膝上的年輕女子。現在她坐在酒吧最裡面一位身穿淺藍色西裝的紅臉胖子身邊，講德語，聲音很大。瓦爾多．布朗特正演奏一支我十分熟悉的徐緩的曲子。

他朝我們轉過身來。

「女士們，先生們，你們願不願意我彈些特別的曲子？」他問道，嗓音冷冷的，露出輕微的美國口音。

我身邊的日本人沒有反應。他不爲所動，面部很光滑，我擔心一陣過堂風會把他從椅子上刮倒在地，因爲他眞像一具用防腐香料保存的屍體。

「請彈《薩格．瓦羅姆》[註]吧。」盡頭的女子用沙啞的喉嚨喊道。酒吧間的燈光暗下來，在有些舞廳，慢狐步舞曲的旋律一響，燈光就會變暗。他們借機摟摟抱抱，女人的手伸進紅臉胖子襯衣的領口，再繼續往下伸。日本人的金邊眼鏡閃著短促的微光。布朗特坐在鋼琴前，活像個跳動的機器人：《薩格．瓦羅姆》的曲調得要不停地在鍵盤上用力演奏。

正當他身後有個紅臉胖子撫摸著一位金髮女子的大腿，一具日本木乃伊在希爾頓酒吧間的一把扶手椅裡坐了好幾天的時候，他在想什麼呢？什麼也不想，我敢肯定。他迷迷糊糊的，愈來愈麻木。我有沒有權利使他突然擺脫麻木，喚醒他心中某個痛苦的回憶呢？

紅臉胖子和金髮女子離開酒吧。一定要去開房間了。男人拉著她的胳臂，她險些絆倒。只剩下我和日本人了。

布朗特又朝我們轉過身來，冷冷地說：

「你們要我彈別的曲子嗎？」

日本人連眉頭也沒皺一下。

「先生，請彈《愛的餘韻》註吧。」我對他說。

他彈起這首曲子，節奏慢得出奇，旋律似乎鬆垮下來，像陷入沼澤，音符難以掙脫。他有時停止彈奏，彷彿是個筋疲力盡、步履蹣跚的路人。他看了一下手錶，驀地站起來，朝我們點了點頭：

「先生們，現在晚上九點了。晚安。」

他走出去。我緊隨其後，把那具日本木乃伊留在酒吧的墳地裡。

他穿過走廊，走到空無一人的門廳。

我追上了他。

「是瓦爾多．布朗特先生嗎？……我想和你談談。」

「談什麼？」

他朝我投來獵物被追捕一般的目光。

「談你認識的一個人……一位名叫蓋兒的女子。蓋兒・奧爾洛夫……」

他待在門廳中間一動不動。

「蓋兒…」

他瞪大眼睛，彷彿探照燈的燈光對準了他的臉。

「你……你認識……蓋兒？」

「不。」

我們走出了飯店。一長列男女在等計程車，他們身著顏色刺眼的晚禮服：綠色或天藍色緞子連身長裙，石榴紅無尾長禮服。

「我不想打擾你……」

「你沒有有打擾我，」他憂心忡忡地對我說，「我有很長時間沒有聽人談起蓋兒了……你是誰呀？」

「她的一個表親。我……我想知道有關她的細節……」

「細節？」

他用食指揉著太陽穴。

「你想要我對你談什麼呢？」

我們走上沿著飯店一直通向塞納河的一條窄街。

「我得回家了。」他對我說。

「我陪你回去。」

「那麼，你眞是蓋兒的表親？」

「是的。我們家的人想知道她的情況。」

「她早就死了。」

「我知道。」

他疾步而行，我幾乎跟不上他。我努力和他齊頭並進。我們走到了布朗利碼頭。

「我住在對面。」他指著塞納河對岸說。

我們踏上了比拉凱姆橋[註]。

「我無法告訴你許多情況，」他對我說，「我是很久以前認識蓋兒的。」

他放慢了腳步，彷彿他感到自己的處境是安全的。他剛才走得那麼快，或許是因爲他以爲有人盯梢，抑或爲了甩掉我。

「我不知道蓋兒原來還有親人。」他對我說。

「有……有……喬吉亞澤那邊……」

「對不起？」

「喬吉亞澤家……她的外祖父名叫喬吉亞澤……」

「噢……」

他停下腳步，倚在橋的石欄杆上。我不能照樣做，因爲這樣我會頭暈。於是我面對他站著。他遲疑了一下才開口。

「你知道……我和她結過婚？」

「我知道。」

「你怎麼知道的？」

「舊檔案上有記載。」

「我們一道去紐約的一家夜總會……我彈鋼琴……她要我和她結婚，僅僅因爲她想留在美國，不願移民局找她麻煩……」

回想起這件事，他搖了搖頭。

「眞是個古怪的女孩。後來，她與呂基・呂西亞諾交往……這人是她到棕櫚島遊樂園工作時認識的……」

「呂西亞諾？」

「對，對，呂西亞諾……他在阿肯色州被捕時，她正和他在一起……後來，她遇到一位法國人，我聽說她和他一道去了法國……」

他兩眼有了神，沖我微笑著。

「先生，我很高興能夠談談蓋兒……」

一輛地鐵從我們頭頂上駛向塞納河右岸。接著又有一輛駛往相反的方向。轟隆轟隆的響聲蓋住了布朗特的聲音。他同我說話，我只看到他的嘴唇在動。

「……我所認識過最漂亮的女孩……」

我好不容易才聽清楚的這半句話使我大爲洩氣。夜裡，我和一個不認識的人待在橋中間，試圖從他口中得到關於我本人的一些細節，而地鐵的隆隆聲使我聽不見他的話。

「我們往前走走好嗎？」

他那樣全神貫注，沒有回答我的問話。他恐怕有很長時間沒有想到這位蓋兒．奧爾洛夫了。關於她的回憶一股腦兒浮出了水面，如一陣海風把他吹得暈頭轉向。他靠著橋欄杆，沒有動。

「你眞的不想再往前走走嗎？」

「你認識蓋兒嗎？你遇見過她？」

「沒有。正因爲如此我才想得到一些細節。」

「這是一位金髮女子……綠眼睛……金黃頭髮……很特別……怎麼說呢？應該說是……灰黃頭髮的女子……」

一位灰黃頭髮的女子。她也許在我的生活中扮演過重要的角色。我必須仔細看看她的相片。漸漸地，一切都會回想起來的，倘若他最終不能給我提供更確切的線索。至少找到他，找到這位瓦爾多．布朗特已經算幸運了。

我挽起他的手臂，因爲我們不能在橋上停留。我們沿著帕西濱河路走著。

「你在法國又見到她了嗎？」我問他。

「沒有。我到法國的時候，她已經死了。她自殺了……」

「爲什麼？」

「她常常對我說她害怕衰老……」

「你最後一次見到她是什麼時候？」

「與呂西亞諾的事了結後，她遇到了那位法國人。那段時間我們見過幾次面……」

「你認識他嗎，那個法國人？」

「不認識。她告訴我她即將和他結婚，以便取得法國國籍……有個國籍是她擺脫不掉的念頭……」

「可是你們離婚了？」

「當然……我們的婚姻維持了六個月……恰好可以平息移民局企圖把她逐出美國的風

波……」

我必須聚精會神才能把她的身世連貫起來，尤其因爲他的嗓音十分低沉。

「她動身去了法國……我再也沒見過她……直至我聽說……她自殺了……」

「你怎麼知道的？」

「通過一位美國朋友，他認識蓋兒，當時正好在巴黎。他寄給我一小張剪報……」

「你留著嗎？」

「留著。它一定在我家裡，在其中一個抽屜裡。」

我們來到了特羅卡迪羅花園[註]。噴泉被燈光照得雪亮，路上有許多車輛和行人。噴泉前和依埃納橋頭上有成群的遊客。雖然已經十月，但是秋風和煦，漫步者眾多，樹木尚未落葉，倒像是春天裡的週末夜晚。

「我的家在那邊……」

我們走過花園，來到紐約大街[註]。在河堤的樹下，我有一種做夢似的不愉快的感覺。我已經度過了自己的一生，如今只是一個在週末夜晚的溫暖空氣中游蕩的鬼魂。爲何要再連結已斬斷的紐帶，尋覓早已砌死的通道？這個在我身邊走著，蓄鬍、肥胖的小個子男人，讓我難以相信這是個活生生的人。

「眞滑稽，我突然想起來蓋兒在美國認識的那個法國人的名字了……」

「他叫什麼？」我問道，聲音顫抖。

「霍華德……這是他的姓氏……不是名字……等等……霍華德．德……」

我停住腳步，俯身靠向他。

「德……德……德．呂茲。呂……茲……霍華德．德．呂茲……霍華德．德．呂茲……」

我對這個姓氏的印象很深刻……半英語……半法語……或者西班牙語……」

「那他的名字呢？」

「這個嘛……」

他作出無能爲力的手勢。

「你不知道他的長相嗎？」

「不知道。」

我要把蓋兒和老喬吉亞澤以及我認爲是自己的那個人合照的相片拿給他看。

「他從事什麼職業，那位霍華德·德·呂茲先生？」

「蓋兒告訴我他是貴族家庭出身……他什麼也不幹。」

他輕聲笑了。

「不……不……等等……我想起來了……他在好萊塢待過很長一段時間……在那裡，蓋兒告訴過我他是演員約翰·吉爾伯特[註]的私人助理……」

「約翰·吉爾伯特的私人助理……」

「對……在吉爾伯特的晚年……」

汽車在紐約大街上疾馳，人們卻聽不到引擎聲，增強了我的夢幻感。它們倏乎而過，聲音低沉、流暢、彷彿在水上滑行。我們來到阿爾瑪橋[註]前方。霍華德·德·呂茲。有可能就是我的姓氏。霍華德·德·呂茲。對，這幾個音節喚醒我心中的某樣東西，某樣和凝視物體的目光一樣稍縱即逝的東西。如果我是這個霍華德·德·呂茲，我在生活中一定有些古怪，因爲在那麼多一個比一個體面和吸引人的職業中，我竟選擇了當『約翰·吉爾伯特私人助理』的工作。

正要走到巴黎現代藝術博物館時，我們拐進了一條小街。

「我住在這兒。」他對我說。

電梯的燈壞了，電梯剛往上升，樓梯間定時燈便滅了。黑暗中，我們聽到了笑聲和音樂聲。

電梯停下，我感到身邊的布朗特在找樓梯口的門把手。他打開了門，我走出電梯時撞了他一下，因爲周圍漆黑一片。笑聲和音樂聲來自於我們所在的樓層。布朗特用鑰匙開了門。我們走進去，布朗特讓門半開著。我們站在門廳中間，吊在天花板上的一只無罩燈泡光線很弱。布朗特站在那兒發愣，我不知道是否應該告辭。音樂震耳欲聾。從套房裡走出一位紅棕色頭髮、身穿紅浴衣的少婦。她用吃驚的眼神打量著我們兩個。雙乳從寬鬆的浴衣間露出。

「我妻子。」布朗特對我說。

她朝我微微點了點頭，用兩手把浴衣的領子拉到脖頸。

「我不知道你這麼早就回來。」她說。

我們三個一動不動地呆在燈光下，它把我們的臉照得發白。我朝布朗特轉過身去。

「你應該事先給我打個招呼。」他對她說。

「我原先不知道……」

一個被當場拆穿謊言的孩子。她垂下了頭。震耳欲聾的音樂聲停止了，響起了薩克斯風的優美旋律，它那樣純淨，彷彿被空氣稀釋了。

「你們人很多嗎？」布朗特問道。

「不，不……就只有幾個朋友……」

從微開的門縫中露出一張臉，一位金髮女子的臉，頭髮剪得很短，塗著淺色的幾乎是粉紅色的口紅。接著又露出一張臉，一位膚色晦暗的褐髮男子的臉。燈光下，這些臉像面具一樣，褐髮男子微笑著。

「我得和朋友們回去了……兩三個小時以後再回來吧……」

「好。」布朗特說。

她跟在另外兩個人後面離開前廳，然後把門關上。裡頭傳來笑聲和互相追逐的聲音。接著，又響起震耳欲聾的音樂。

「來！」布朗特對我說。

我們又走回樓梯。布朗特撳亮了定時燈，在樓梯上坐下。他示意我坐在他身邊。

「我妻子比我年輕許多……相差三十歲……絕對不該娶一個比自己年輕許多的女人……絕對不應該……」

他把一隻手搭在我的肩頭。

「這絕對行不通的……沒有一個成功的例子……你記住這個，老弟……」

定時燈滅了。看來布朗特根本不想再開燈。我也一樣。

「如果蓋兒看到我……」

想到這裡，他放聲大笑。古怪的笑聲，迴盪在黑暗中。

「她不會認出我……我至少重了三十公斤，自從……」

又一陣大笑，但和上一次不同，更神經質，更勉強。

「她會非常失望……你明白嗎？鋼琴家在飯店的酒吧間……」

「但她爲什麼失望呢？」

「而且再過一個月，我會失業……」

他緊握我的手臂，在二頭肌部位。

「蓋兒一直認爲我會成爲另一個柯爾．波特……」

驀地，響起女人的叫聲。來自布朗特的套房。

「出什麼事了？」我問他。

「沒什麼，他們在尋開心。」

一個男人的嗓子吼道：「你給不給我開門？達妮，給不給我開門？」

一陣笑聲。門喀喀作響。

「達妮是我妻子。」布朗特悄聲對我說。

他站起來，打開定時燈。

「咱們去呼吸點新鮮空氣。」

我們穿過現代藝術博物館前面的廣場，在臺階上坐了下來。我看見稍低處車輛在紐約大街上穿梭，這是仍有生命的唯一徵兆。我們周圍一片死寂，連塞納河彼岸的艾菲爾鐵塔，平常如此令人心安的艾菲爾鐵塔，也好似一堆經過煉燒的廢鐵。

「這裡呼吸順暢。」布朗特說。

的確，一陣和煦的風吹過廣場，吹過形成一個個黑影的雕像和最裡面的大圓柱。

「我想給你看幾張照片。」我對布朗特說。

我從衣服口袋掏出一個信封，我打開它，從裡面抽出兩張照片：蓋兒．奧爾洛夫和老喬吉亞澤以及我以爲是自己的那個人合照的那張，還有她小時照的那張。我遞給他第一張照片。

「這裡什麼也看不見。」布朗特喃喃地說。

他按了一下打火機，風把火苗吹滅了，他不得不按了好幾次。他用手心遮住火苗，把打火機湊到照片上。

「你看見照片上有個男人嗎？」我對他說，「在左邊……最左邊……」

「看見了。」

「你認識他嗎?」

「不認識。」

他俯身靠在照片上,雙手拱起試圖保護打火機的火苗。

「你不覺得他像我嗎?」

「我不知道。」

他又把照片細看了一會兒,然後還給了我。

「蓋兒完全是我認識她時候的模樣。」他聲調悲涼地說。

「喏,這是她小時候的相片。」

我遞給他另一張相片,他就著打火機的火苗細細端詳,依然雙手拱起,活像正在做一件極精密工作的鐘錶匠。

「她是個漂亮的小姑娘,」他對我說,「你還有她的相片嗎?」

「沒有,很可惜……你呢?」

「我原先有一張結婚照，可是在美國弄丟了……我甚至懷疑她自殺時，我是否保留了那張剪報……」

他的美國口音，起先不易察覺，現在愈來愈重了。因爲疲倦？

「你經常這樣等著要回家嗎？」

「越來越經常了。剛開始時很美滿……我的妻子十分可愛……」

因爲有風，他好不容易才點燃香煙。

「蓋兒看到我這種處境會大吃一驚……」

他走近我，一隻手搭在我的肩頭。

「老弟，你不覺得她死得正是時候嗎？」

我注視著他。他身上的一切都是圓的。臉龐，藍眼睛，甚至修剪成圓弧狀的小鬍子。還有嘴巴，胖乎乎的手。他使我聯想到孩子們用線牽著的氣球，他們有時鬆開手，看看氣球能飛多高。他的姓名瓦爾多·布朗特鼓脹著，好似一隻氣球。

「老弟，很抱歉……我沒辦法告訴你更多關於蓋兒的事情……」

我感到由於疲憊和沮喪，他的身體變得沉重了。但我留神守護著他，因爲我擔心廣場上一颳風他會飛起來，留下我一個人和我那些問題。

- 《在老巴黎的堤岸上》，曲名〈Sur les quais du vieux Paris〉。
- 《薩格．瓦羅姆》，曲名〈Sag warum〉。
- 《愛的餘韻》，曲名〈Que restet-il de nos amours〉。
- 比拉凱姆橋，Pont de BirHakeim，連接巴黎十五和十六區的鋼製鐵橋，橫跨塞納河以及河中央的天鵝島，著名電影【巴黎最後探戈】的重要場景。
- 特羅卡迪羅花園，Les Jardins du Trocadéro，位於法國第十六區，隔著塞納與艾菲爾鐵塔相對，其花園亦是爲世界博覽會建造，是著名觀光景點。
- 紐約大街，Avenue de New-York，位於巴黎第十六區。
- 約翰．吉爾伯特，John Gilbert，1897-1936，好萊塢默片時期與魯道夫．范倫鐵諾齊名的巨星。雖然隨著有聲電影出現而沒落，但他對明星事業及好萊塢片廠功利始終淡泊，晚年因爲酗酒心臟病猝死，享年四十歲。

• 阿爾瑪橋，pont de l'Alma，連接巴黎第七及第八區的重要橋樑，橫跨塞納河上，在橋上即可欣賞塞納河的迷人風景。

8

大街沿著奧特伊賽馬場註伸展。一側是跑馬道，另一側矗立著按同一個模型建造的大樓，樓與樓之間被小花園隔開。我走過這一幢幢奢華的兵營式建築，守候在蓋兒．奧爾洛夫自殺的那幢樓對面。利奧泰元帥大街二十五號。在幾樓？門房一定換了人。大樓裡還有沒有與蓋兒在樓梯上相遇，或者和她一起搭過電梯的住戶呢？還有沒有因爲常見我來而能認出我的住戶呢？

有些晚上，我一定心怦怦跳著爬上利奧泰元帥大街二十五號的樓梯。她在等我。她的窗戶臨跑馬場。從高處看賽馬景象一定很奇特，微小的馬匹和騎手向前推進，正如打靶場兩端之間人像靶絡繹不絕，擊倒全部靶子就能獲得大獎。

我們之間使用哪國語言溝通？英語？和老喬吉亞澤在一起的那張相片是在這間房子裡拍

的嗎？房裡有什麼陳設？一個『出生於貴族家庭，當過約翰．吉爾伯特的私人助理』，名叫霍華德．德．呂茲的人——我？——和一名生於莫斯科，在「棕櫚島」認識了呂基．呂西亞諾的女舞蹈演員，他們彼此能談什麼呢？

古怪的人。所經之處只留下一團迅即消散的水汽。我和于特常常談起這些喪失了蹤跡的人。他們某天突然從虛無中湧現，閃過幾道光後又回到虛無中去。美貌女王。小白臉。花蝴蝶。他們當中大多數人，即使在生前，也不比永不會凝結的蒸汽更有質感。于特給我舉過一個人的例子，他稱此人爲『海灘人』（homme des plages）：一生中有四十年在海灘或游泳池邊度過，親切地和避暑者、有錢的閒人聊天。在數千張度假照片的一角或背景中，他身穿游泳衣出現在快活的人群中間，但誰也叫不出他的名字，誰也說不清他爲何在那兒。也沒有人注意到有一天他從照片上消失了。我不敢對于特說，但我相信這個『海灘人』就是我。即使我向他承認這件事，他也不會感到驚奇。于特一再說，其實我們大家都是『海灘人』，我引述他的原話：「沙子只把我們的腳印保留幾秒鐘。」

大樓的牆外有座看起來無人照管的小公園。樹叢。灌木。好久沒有修剪的草坪。在這陽光燦爛的午後行將結束的時刻，在一堆沙子前面，一個孩子獨自安靜地玩耍著。我在草坪邊坐下，仰望著大樓，尋思著蓋兒·奧爾洛夫的窗戶是否朝這邊開。

●奧特伊賽馬場，course d'Auteuil，位於巴黎第十六區，有馬場草皮和森林可供休閒遊憩。

9

夜裡，事務所的乳白玻璃燈朝于特辦公桌上的皮革投下強光。我坐在這張辦公桌後面，查閱早年和近年的《社交名冊》，隨時記錄我的發現：

霍華德·德·呂茲（尚·西默蒂）和夫人，婚前名爲梅布爾·唐納休，奧恩省註瓦爾布勒斯市。T·雷努阿爾街二十一和二十三號。T.AUT15—28。

—CGP—MA 

有上述記載的《社交名冊》是三十年前出版的。他是不是我父親？

以後幾年的《社交名冊》中有相同的記載。我查看了《符號和略語表》。

：十字軍功章。

CGP：滿旗俱樂部。

MA：藍色海岸快艇俱樂部。

：帆船主。

但是十年後，下述說明消失了：雷努阿爾街二十三號。T.AUT15—28。

MA和也不見了。

次年，名冊上的紀錄只剩下：霍華德・德・呂茲夫人，婚前名爲梅布爾・唐納休，奧恩省瓦爾布勒斯市.T.21.

然後什麼也沒有了。

接著，我查閱了巴黎近十年的電話號碼簿。每一次，霍華德・德・呂茲這個姓氏都是以下列方式出現的：

霍華德・德・呂茲，C・亨利—帕泰花園廣場C3號，第十六區。MOL 50—52。

一個兄弟？一個堂兄弟？

在同年的《社交名冊》中沒有任何記載。

• 奧恩省，Orne，法國西北部下諾曼第區內的省份。

10

「霍華德先生在等你。」

這位眼睛明亮的褐髮女子一定是巴薩諾街[註]這家餐館的老闆娘了。她示意我跟她走，走下一道樓梯，領我朝大廳盡頭走去。她在一張桌子前停下，只有一個人坐在桌邊。他站了起來。

「克勞德·霍華德。」他對我說。

他朝我指了指對面的座位。我們坐下了。

「我遲到了，請原諒。」

「沒關係。」

他好奇地盯著我看。他認出我了嗎？

「你的電話使我非常驚訝。」他對我說。

我努力地沖他笑了笑。

「尤其你對霍華德・德・呂茲家的興趣……親愛的先生，如今我是它的最後一名代表了……」

他用譏諷的口吻講了這句話，彷彿在自嘲。

「而且我簡稱自己爲霍華德，免得那麼複雜。」

他把功能表遞給我。

「你不必和我吃一樣的東西。我是美食專欄編輯……我必須品嘗這家的拿手菜：小牛胸脯肉和奶油魚湯……」

「唉……」

他歎了口氣。他的確有點垂頭喪氣。

「我受不了了……不管生活中發生了什麼事，我必須不停地吃……」

人家已經給他端來了一盤餡餅。我要了一份沙拉和一個水果。

「你真走運……我呀，我必須吃……今晚我得把文章寫好……我剛參加『金內臟美食大獎賽』，我是評委。在一天半內不得不吞下一百七十份……」

我看不出他的年齡。深棕色的頭髮朝後梳，一雙栗色眼睛，儘管膚色極白，但外貌有點像黑人。餐廳的這一部分設在地下室，最裡面只有我們兩人。餐廳內部裝修了細木護壁板，掛著緞子帷幔，安裝水晶吊燈，一派冒牌的十八世紀風格。

「我想了想你在電話裡對我說的事……你感興趣的這位霍華德·德·呂茲可能是我的堂兄佛萊迪……」

「你眞的這麼認爲？」

「我有把握。但是我對他的瞭解不多……」

「佛萊迪·霍華德·德·呂茲？」

「對。我們小時候在一起玩過幾次。」

「你沒有他的照片嗎？」

「一張也沒有。」

他吃了一口餡餅，克制住沒有嘔出來。

「他算不上直系血親……只是第二或第三親等旁系血親的堂兄弟……霍華德・德・呂茲家人數極少……我相信只有自己、父親，還有佛萊迪跟他祖父的姓氏是霍華德・德・呂茲。你知道，這是模里西斯島[註]上的一個法國家族……」

他膩味地推開盤子。

「佛萊迪的祖父娶了一位非常有錢的美國女子……」

「梅布爾・唐納休？」

「正是……他們在奧恩省有座豪華的花園住宅……」

「在瓦爾布勒斯？」

「親愛的，你眞是一本活生生的《社交名冊》。」

他吃驚地看了我一眼。

「後來，我相信他們失去了一切……佛萊迪去了美國……我不能告訴你更確切的細節……這一切都是我聽說的……我甚至懷疑佛萊迪是否還活著……」

「怎麼能知道呢？……」

「如果我父親在……我一向是透過他才得知家族成員的音訊……可惜……」

我從衣服口袋掏出蓋兒．奧爾洛夫和老喬吉亞澤的照片，向他指著和我相像的那個棕色頭髮的男人：

「你不認識這傢伙嗎？」

「不認識。」

「你不覺得他像我嗎？」

他俯身看照片。

「也許像。」他把握不大地說。

「那位金髮女子呢，你不認識她？」

「不認識。」

「她是你堂兄佛萊迪的朋友。」

突然地，他好像想起了什麼。

「等等……我想起來了……佛萊迪去了美國……在那兒，他好像成了演員約翰．吉爾伯特的私人助理……」

約翰．吉爾伯特的私人助理。這是第二次有人告訴我這個細節，但我的事並沒有因此有多大進展。

「他當時從美國寄了一張明信片給我，所以我才知道……」

「你保存了這張明信片嗎？」

「沒有，但我還記得上面寫的話：『一切順利。美國是個美麗的國家。我找到了工作，我成了約翰．吉爾伯特的私人助理。向你和你父親問好。佛萊迪。』我當時十分震驚……」

「他回法國後，你又見到他了嗎？」

「沒有。我甚至不知道他回國了。」

「如果他現在站在你面前，你認得出他嗎？」

「也許認不出。」

我不敢暗示我認爲自己就是佛萊迪．霍華德．德．呂茲。我還沒有確鑿的證據，但我心存希望。

「我認識的佛萊迪，是十歲時的佛萊迪……我父親帶我去瓦爾布勒斯和他一起玩……」

服務生站在我們桌前，等克勞德．霍華德選飲料，但克勞德沒有注意到他，這人站得筆直，活像一個哨兵。

「先生，實話告訴你，我覺得佛萊迪已經死了……」

「不該這麼說……」

「謝謝你對我們這個不幸的家庭感興趣。我們不走運……我相信我是唯一的倖存者，你瞧瞧爲了謀生我必須做什麼……」

他用拳頭敲了幾下桌子，侍者端來了奶油魚湯，老闆娘帶著殷勤的微笑朝我們走過來。

「霍華德先生……今年的『金內臟美食大獎賽』辦得怎麼樣？」

但他沒有聽見她的話，朝我俯下身來。

「其實，」他對我說，「我們根本不應該離開模里西斯島……」

- 巴薩諾街，Rue de Bassano，巴黎第八區和第十六區的一條街道。
- 模里西斯，L'île Maurice，位於印度洋西南方，在非洲馬達加斯加以東約九百公里，英國人在拿破崙戰爭時期取得統治權，直到一九六八年正式獨立。

11

一個黃灰二色相間的、又舊又小的火車站，兩側有水泥砌的柵欄，柵欄之後是月臺，我從火車下到月臺上來。一個穿著滑輪鞋的小孩子，在土堤旁的樹下玩溜冰，除了他之外，車站廣場空無一人。

我想，很久以前，我也在這兒玩耍過。這個寧靜的廣場的確令我回想起一些事。我從巴黎乘火車來，祖父霍華德．德．呂茲來接我，抑或相反？夏天的夜晚，我陪著婚前叫做梅布爾．唐納休的祖母到月臺上等他。

稍遠處有條與國道一樣寬的公路，但駛過的車輛寥寥可數。我沿著一個公園往前走，公園圍著水泥柵欄，和我在車站廣場上見到的一模一樣。

公路另一側有幾家帶頂棚的商店，一家電影院。接著，在一條坡度平緩的大街街口，有家旅店掩映在綠樹叢中。我毫不遲疑地走上這條大街，因爲我研究過瓦爾布勒斯的平面圖。大街兩側樹木成行，盡頭是圍牆，柵欄門上釘著一塊木頭已腐朽的牌子，我臆猜地讀著上面寫的幾個字：地產管理處。柵欄門後有一片無人照管的草坪。盡頭有座路易十三式的、磚石結構的長條建築物。建築物中央，有座凸出來、一層高的樓，正面兩端各有兩座圓頂側樓。百葉窗全部關著。

我也許正面對著度過了童年的城堡，一股悲涼感油然而生。我推推柵欄門，沒費力就把門打開了。我有多長時間沒有跨進這個門檻了？右邊，我注意到有座磚房，這一定是馬廄了。

草深沒膝，我力圖儘快穿過草坪去城堡。這座靜悄悄的建築物激起了我的好奇心。我擔心在牆面後方僅剩下高草和一片斷壁頹垣。

有個人叫我。我轉過身去。那邊，在馬廄前，一個男人揮著胳臂。他朝我走來，我待在好似熱帶叢林的草坪中間，一動不動地注視著他。

一個身材頗高的粗壯漢子，穿著綠條絨衣服。

「你有什麼事?」

他在離我幾步遠處停了下來。棕色頭髮,蓄著唇髭。

「我想瞭解霍華德・德・呂茲先生的情況。」

我往前走。或許他就會認出我?每一次我都心存希望,而每一次我都大失所望。

「哪位霍華德・德・呂茲先生?」

「佛萊迪。」

我用變了調的嗓音說出佛萊迪三個字,彷彿這是遺忘多年以後,我又說出了自己的名字。

他瞪大了眼睛。

「佛萊迪……」

此刻,我眞以爲他在叫我。

「佛萊迪?他不在這兒了……」

不,他沒有認出我。誰也認不出我。

「你到底有什麼事？」

「我想知道佛萊迪．霍華德．德．呂茲的近況……」

他帶著不信任的目光盯著我，一隻手伸進長褲的褲兜。他就要拿出一件武器威脅我了。不，不，他從衣服口袋裡掏出一條手帕擦額頭上的汗。

「你是誰？」

「很久以前，我在美國認識了佛萊迪，我想知道他的消息。」

聽到這句謊話，他的臉上突然露出了喜色。

「在美國？你在美國認識了佛萊迪？」

美國這個字眼似乎使他浮想聯翩。我相信，他甚至想擁抱我，因爲他非常感激我在美國認識了佛萊迪。

「在美國？那麼，你認識他的時候，他正當著那個……那個什麼人的私人助理？」

「那人是約翰．吉爾伯特。」

他的懷疑頓時煙消雲散。

他甚至抓住了我的手腕。

「到這兒來。」

他拉著我順著圍牆盡頭往左走，那兒的草矮一些，原先可能是一條路。

「我好久沒有佛萊迪的消息了，」他聲音低沉地對我說。

他那身綠條絨衣服磨得發白，有幾處露出了線，在肩膀、肘部和膝蓋處打了皮補釘。

「你是美國人嗎？」

「是。」

「佛萊迪從美國寄給我好幾張明信片。」

「你留著這些明信片嗎？」

「當然啦。」

我們朝城堡走去。

「你從沒來過這兒？」他問我道。

「從來沒有。」

「那你怎麼知道地址的?」

「是佛萊迪的一個堂兄弟,克勞德・霍華德・德・呂茲告訴我的。」

「不認識。」

我們來到城堡正面兩端的一座圓頂樓前。我們繞著它走,他向我指著一個小門:

「這是唯一可以進去的門。」

他用鑰匙開了門。我們走進去,他領我穿過一間陰暗的空屋子,然後沿著一條通道走。我們又來到一間屋子,彩繪大玻璃窗使它看起來像禮拜堂或玻璃花房。

「夏天的時候這裡是餐廳。」他對我說。

沒有家具,只有一張磨舊了的紅絨面沙發,我們坐下來。他從衣服口袋裡掏出一只煙斗,平靜地將它點燃。日光透過彩繪大玻璃窗,顯出淡藍的色調。

我抬起頭,發現天花板也是淡藍色的,其間有幾個更淺的點:雲彩。他注意到我的視線。

「天花板和牆是佛萊迪粉刷的。」

屋子唯一的一面牆漆成了綠色，上面有株模糊不清的棕櫚樹。我盡力想像昔日我們用餐時這間屋子的樣子。我在天花板上畫了藍天，我想通過這株棕櫚樹給綠牆增添一點熱帶情調，微藍的光線透過彩繪大玻璃窗落在我們臉上。但這些臉是誰的呢？

「這是唯一還可以進去的房間，」他對我說，「每扇門上部都貼了封條。」

「爲什麼？」

「房子被查封了。」

這句話令我手腳冰涼。

「他們把一切都查封了，我呢，他們讓我留在這兒。但能留多久呢？」

他用力吸煙鬥，搖著頭。

「不時有個搞房地產的傢伙來視察。他們好像還沒有決定。」

「誰？」

「管理地產的人。」

我不大明白他的意思，但我想起腐朽的木牌上寫著：地產管理處。

「你在這兒很久了嗎？」

「是呵……我是在霍華德．德．呂茲先生，就是佛萊迪的祖父去世時來的……我照管園林，爲夫人開車……佛萊迪的祖母……」

「佛萊迪的父母呢？」

「我想他們很年輕時便死了。他是祖父母養大的。」這麼說，我是由祖父母撫養成人的。祖父死後，我和婚前叫梅布爾．唐納休的祖母，以及這個人在此地生活。

「你叫什麼？」我問他道。

「羅貝爾。」

「佛萊迪怎麼稱呼你？」

「他的祖母叫我鮑勃。她是美國人。佛萊迪也叫我鮑勃。」

「後來，祖母也死了。這時經濟上已很拮据……佛萊迪的祖父將妻子的財產揮霍光了……一份美國的巨產……」

他從容不迫地抽著煙斗，縷縷青煙升上天花板。這間屋子，連同它的彩繪大玻璃窗以及佛萊迪在牆上、天花板上畫的畫……我的畫？——對他而言一定是個庇護所。

「然後，佛萊迪失蹤了……我不知道出了什麼事。但是他們把一切都查封了。」

又是『查封』這個字眼，彷彿你正準備進門的時候，人家砰地一聲把門關上了。

「從那以後我就等著……看他們打算怎麼處置我……他們總不能把我趕出去吧？」

「你住在哪兒？」

「在原來的馬廄裡。是佛萊迪的祖父叫人佈置的？」

他觀察著我，煙斗含在嘴裡。

「你呢？告訴我你在美國怎麼認識佛萊迪的。」

「噢……說來話長……」

「我們走走好嗎？我帶你去看看這邊的園林。」

「可以。」

他打開一扇落地窗，我們走下幾級石階。眼前是塊草坪，和我爲抵達城堡企圖穿過的草坪一樣，但是這兒的草要矮得多。城堡的背面和它的正面毫不相稱，令我大吃一驚；它是用灰色石頭造的。房頂也不一樣，背面的房頂有角的斜面和人字牆，顯得更複雜，這座乍看像路易十三式城堡的住宅，從背面看與十九世紀末年的海水浴療養院相仿，在比亞里茨[註]，如今還剩下幾處典型的療養院。

「我儘量把這邊的園林照顧好，」他對我說。「但是只有一個人很不容易。」

我們走在一條沿草坪延伸的礫石小路上。左邊，一人高的灌木經過仔細的修剪，他向我指了指灌木叢：

「迷宮式樹林，是佛萊迪的祖父種植的。我盡全力將它照顧好。總得留下一點和以前一樣的東西。」

我們從側面的一個入口進入迷宮，俯身通過一道由青枝綠葉組成的拱門。多條小徑縱橫交錯，有十字路口、圓形空地、環形彎道或九十度的拐角、死胡同、一個綠樹篷以及一條綠色的長木椅……小時候，我一定和祖父或同齡的朋友在這裡玩過捉迷藏的遊戲，在這散發著女貞樹和松樹清香的神奇迷宮中，我一定度過了一生中最美好的時光。我們走出迷宮時，我忍不住對我的嚮導說：

「眞怪……這座迷宮使我想起了一些事……」

但他好像沒有聽見我的話。

草坪邊上有個生銹的舊鞦韆架，上面掛著兩個鞦韆。

「可以嗎？」

他坐到其中一個鞦韆上，又點燃了煙斗。我在另一個鞦韆上坐下。

夕陽西下，柔和的橙黃色光線籠罩著草坪和迷宮的灌木。同樣的光線在城堡的灰色石頭上斑斑點點地灑下。

我選擇這一時刻把蓋兒．奧爾洛夫、老喬吉亞澤和我的照片遞給他。

「你認識這些人嗎？」

他久久地端詳著這張照片，沒有把煙斗從嘴上拿開。

「這個女的，我很熟悉……」

他用食指點著蓋兒．奧爾洛夫臉部下方。

「俄國女人……」

他的語調既快活，又漫不經心。

「你想我怎麼會不認識她，這個俄國女人……」

他格格地笑了幾聲。

「最後幾年，佛萊迪常帶她來這兒……一個絕妙的女人……金髮女孩……我可以告訴你她酗酒……你認識她嗎？」

「認識，」我說，「我在美國看見她和佛萊迪在一起。」

「他是在美國認識這個俄國女人的，嗯？」

「對。」

「也許她能告訴你現在佛萊迪在哪兒……應該問她才是……」

「在俄國女人旁邊的這個棕髮男人呢？」

他更湊近照片細細地看。我的心跳得很厲害。

「是呀……我也認識他……等等……是呀……他是佛萊迪的一個朋友……他和佛萊迪、

俄國女人和另一個姑娘一道來這兒……我相信他是南美洲人，或差不多那個地方的人……」

「你不覺得他像我嗎？」

「像……爲什麼不像呢？」他沒什麼把握地對我說。

很明顯地，我不叫佛萊迪・霍華德・德・呂茲。我望著草坪，草很高，夕陽的餘暉只照得到草坪的邊緣。我從未攙扶美國來的祖母在草坪散步，小時候從未在迷宮中玩耍。這生了鏽的鞦韆架原來不是爲我豎的。可惜。

「你說：南美洲人？」

「對……但是他的法語講得和你我一樣好……」

「你常常見他來這兒嗎？」

「來過好幾次。」

「你怎麼知道他是南美洲人？」

「因爲有一天我駕車去巴黎接他到這兒來。他約我在他工作的地點見面……在南美洲一個國家的大使館……」

「哪個國家？」

「這我就回答不上來了……」

我必須習慣這個變化。我不再是姓氏列在舊版《社交手冊》和電話號碼簿上的一個家庭的後代，而是一個南美洲人，尋覓他的消息將困難千百倍。

「我想他是佛萊迪小時候的朋友……」

「他和一個女人一起來這兒嗎？」

「對。有兩三次。是個法國女人。他們和俄國女人、佛萊迪四個一起來……在祖母死後……」

他站了起來。

「我們回去好嗎？有點冷了……」

天色幾乎黑了，我們又回到了夏季餐廳。

「這是佛萊迪最喜歡的房間……晚上，他和俄國女人、南美人以及另一個女孩在這裡待到很晚……」

沙發成了一個淺色的斑點，天花板上顯出格子架狀和菱形的影子。我徒勞地試圖接收昔日良宵共度的回聲。

「他們在這兒弄了一張撞球檯……主要是南美人的女友愛打撞球……每次她都贏……我這麼對你說是因爲我和她打過幾盤……喏，球桌還在那兒……」

他把我拉進一條黑漆漆的走廊，揿亮手電筒，我們來到一間鋪石板的大廳，一道寬大的樓梯從這裡開始向上盤旋。

「主要入口……」

在樓梯起步處，我的確看到了一張撞球檯。他用手電筒筒照著它。桌子中間有一粒白色的彈子，彷彿一盤球局暫時中斷，隨時都會接續下去。蓋兒·奧爾洛夫，或者我，或者佛萊迪，或者陪我來的那位神秘的法國女子，或者鮑勃，已俯下身瞄準。

「你看，撞球檯一直在這兒……」

他用手電筒的光束掃了一下大樓梯。

「上樓沒用……他們把一切都查封了……」

我想佛萊迪的房間在樓上。一個兒童的房間，然後是一個年輕人的房間，擺著書架，牆上貼著照片，說不定其中的一張是我們四個人的合影，或者佛萊迪和我把臂的合影。鮑勃倚著撞球檯點燃煙斗。我呢，我忍不住凝神注視這道大樓梯，爬上去毫無用處，因爲樓上的一切都被查封了。

我們從小側門出去，他上了兩道鎖。天黑了。

「我得要趕回巴黎的火車了。」我對他說。

「跟我來。」

他抓住我的胳臂，領我順著圍牆走。我們來到原來的馬廄前。他打開一扇玻璃門，點燃了一盞煤油燈。

「他們早就切斷了電源……但是他們忘了斷水……」

我們等的這間屋子中間有一張深色木桌和幾把柳條椅。牆上掛著瓷盤和銅盆。窗戶上方有一只製成了標本的野豬頭。

「我要送你一件禮物。」

他朝房間盡裡面的一個衣櫥走去。他打開櫥門，拿出一隻盒子放在桌上，盒蓋上寫著：

「勒費夫爾・尤迪餅乾[註]——南特。」然後他站在我面前。

「你是佛萊迪的朋友，嗯？」他用激動的嗓音對我說。

「是。」

「那好，我把這個送給你……」

他向我指著餅乾盒。

「這裡有佛萊迪的紀念品……他們來查封破房子的時候我搶救下來的一些小東西……」

他的確動了感情。我甚至相信他熱淚盈眶。

「我很愛他……他很小的時候我就認識他了……他喜歡幻想。他總對我說他要買一條帆船……他說：『鮑勃，你做我的二副……』天知道現在他在哪兒……如果他還活著……」

「會找到他的。」我對他說。

「他祖母把他寵壞了，你明白嗎……」

他拿起盒子遞給我。我想起斯蒂奧帕・德・札戈里耶夫和他送我的紅盒子。顯然，一切都將在舊巧克力盒、餅乾盒或者雪茄盒裡了結。

「謝謝。」

「我陪你上火車站。」

我們沿著一條林間小徑走，他在我們前方投下手電筒的光束。他沒走錯路吧？我覺得我們進入了密林深處。

「我在努力回想佛萊迪那位朋友的名字，就是你給我看的照片上的那個人……南美人……」

我們穿過一片林間空地，野草在月光下磷光閃閃。那邊有幾株義大利五針松。他關了手電筒，因爲這裡幾乎和大白天一樣亮。

「佛萊迪和他的另一位朋友……一位賽馬騎師，在這兒練習騎馬……他從來沒有和你提過這名騎師嗎？」

「從來沒有。」

「我記不起他的名字了……他曾經很有名氣……佛萊迪的祖父養賽馬的那些年，他是老人的賽馬騎師……」

「南美人也認識騎師嗎？」

「當然認識。他們一道上這兒來。騎師和其他人打撞球……我甚至相信是他把俄國女人介紹給佛萊迪的……」

我擔心記不住所有這些細節。必須立即記在小本子上。

小路緩緩升高，鋪著厚厚的枯葉，行走很吃力。

「那麼，你想起那個南美人的名字了嗎？」

「等等……等等……我會想起來的……」

我把餅乾盒夾在腰部。我急於知道盒裡裝著什麼，或許能在裡面找到我的某些問題的答案。比方我的名字，或騎師的名字。

我們走到一個斜坡邊，下了斜坡就可以到達火車站廣場。火車站大廳閃著霓虹燈光，似乎空無一人。一個人騎著自行車慢慢穿過廣場，停在車站前。

「等等……他的名字是……佩德羅……」

我們一直站在斜坡邊上。他又掏出煙斗，用一件神秘的小工具清理它。我在心裡一遍遍重複著出生時人家給我起的名字，在我人生的一大段時期內人家用這個名字來稱呼我，它會使一些人聯想到我的面孔。佩德羅。

• 比亞里茨，Biarritz，位在法國西南部庇里牛斯—大西洋省的海水浴療養勝地，其含氯化鈉的礦泉水主要用於治療關節炎和貧血症。

• 勒費夫爾·尤迪餅乾，Lefevre-Utile biscuits，該公司十九世紀末延攬藝術家合作，例如捷克藝術家慕夏就爲該公司設計過海報、包裝盒蓋等。

12

這個餅乾盒裡沒有什麼重要東西。一個身披鎧甲、手敲戰鼓的鉛製玩具兵。貼在一個白信封中央、有四瓣小葉的三葉草。一些照片。

其中兩張上有我。無疑和站在蓋兒·奧爾洛夫和老喬吉亞澤身邊的那位是同一個人。高身材，棕色頭髮，和我的唯一區別是我沒有蓄鬍。在一張照片上，我與另一個人在一起，他和我一般高，一樣年輕，只是頭髮顏色較淺。佛萊迪？對，因爲有人用鉛筆在照片背面寫了幾個字：「佩德羅─佛萊迪─拉博爾。」我們在海邊，穿著海濱浴衣。看上去是多年以前的照片。

在第二張照片上，我們是四個人：佛萊迪、我、我很容易便認出的蓋兒·奧爾洛夫，以及另一位年輕女子。我們席地而坐，背靠著夏季餐廳裡的紅絨面沙發。右邊，是撞球檯。

第三張照片拍的是和我們一起在夏季餐廳的那位年輕女子。她站在撞球檯前，兩手握著球杆。淺色的頭髮披在雙肩。我帶到佛萊迪城堡去的那位？在另一張照片上，她倚著陽臺的欄杆。

一張紐約港風景的明信片，寄給：「奧恩省瓦爾布勒斯，羅貝爾·布蘭先生，請霍華德·德·呂茲轉交」。明信片上寫道：

「親愛的鮑勃，從美國向你問好。不久後見。佛萊迪。」

一份印有箋頭的古怪檔案：

阿根廷共和國總領事館

NO106

阿根廷共和國駐法國總領事館負責照管佔領區希臘人的利益，茲證明塞薩洛尼基[註]市政檔案已於一九一四至一九一八年一次大戰期間毀於大火。

巴黎，一九四一年七月十五日

阿根廷共和國總領事
希臘人利益負責人

下面的署名是：

總領事R·L·德·奧利維拉·塞薩爾

是我？不。他不叫佩德羅。

一小張剪報：

應瓦爾布勒斯（奧恩省）聖拉札爾城堡地產管理處的請求，訂於四月七日和十一日公開拍賣霍華德·德·呂茲被查封的大批傢俱：

古今藝術品和室內裝飾品

繪畫——瓷器——陶瓷製品

地毯——床上用品——家庭日用布製品
艾拉爾牌三角鋼琴
冰箱等等。
展出時間：四月六日星期六十二點至十八點，
拍賣日上午十點至十二點。

我打開貼了四瓣三葉草的信封。裡面有四張照片，是快照照片的尺寸：一張是佛萊迪，另一張是我，第三張是蓋兒．奧爾洛夫，第四張則是淺色頭髮的年輕女子。

我還發現一本多明尼加共和國的空白護照。

我偶然把淺頭髮年輕女子的照片翻了過來，背面用藍墨水寫了幾個字，字體和那張美國明信片的字體一樣不工整：

佩德羅：ANJOU15—28。

• 塞薩洛尼基，Salonique是希臘北方港口城市，有大量古希臘遺跡。一九一六—一九一八年是東方盟軍的軍事基地，一九四一年被德國人佔領。

13

我過去使用的這個電話號碼，如今還列在多少個記事本上？或許它不過是一間辦公室的電話號碼，只有某個下午才能用它與我聯繫？

我撥了ANJOU15—28。電話嘀鈴鈴地響起來，但沒有人接。在今晚白白響起電話鈴聲但空空蕩蕩的套房內，在早已無人居住的臥室內，還保有我這個匆匆過客的痕跡嗎？

我無須詢問查號台。我只要兩腿躍起，讓于特的皮扶手椅轉半圈就可以看到，一排排的社交名冊和電話號碼簿在我面前。其中一冊比別的小，裝訂著淡綠色印花山羊皮面。這正是我需要的，它有近三十年來巴黎所有的電話號碼，以及相對應地址的目錄。

我一頁頁翻看，心怦怦直跳。我讀到：

ANJOU15—28：康巴塞雷斯街[註] 十號乙。第八區。

但在同年按街道排列的人名錄上沒有這個電話號碼：

康巴塞雷斯（街）

第八區

十號乙　鑽石商聯誼會MIR 18—16

婦女時裝店ANJ 32—49

皮爾格拉姆（海倫）ELY 05—31

雷賓戴爾（機構）MIR 12—08

看守所ANJ 50—52

S.E.F.I.C MIR 74—31

MIR 74—32

•康巴塞雷斯街，Rue Cambacérès，位於巴黎第八區。書中『佩德羅』在《社交名冊》上的地址，電話號碼紀錄是ANJOU15—28。

14

一個名叫佩德羅的人。ANJOU15—28，康巴塞雷斯街十號乙，第八區。

他好像在南美某國的公使館工作。于特留在辦公桌上的座鐘指著清晨兩點。樓下，尼耶爾林蔭道上，只有極少的車輛駛過。偶爾可以聽見紅燈前的剎車聲。

我流覽了那些以大使館和公使館及其成員名單開頭的舊版名冊。

多明尼加共和國

麥西納大街[註]二十一號（第八區）、CARNOT10—18。

N……特命全權公使。

居斯塔沃・J・亨利凱斯博士先生。主秘。

薩爾瓦多・E・帕拉達斯博士先生。副秘（和夫人），阿爾薩斯街[註]四十一號（第十區）。

比恩韋尼多・卡拉斯科博士先生。專員。

德康街[註]四十五號（第十六區），電話：TRO 42—91。

委內瑞拉

哥白尼街[註]十一號（第十六區）。PASSY72—79。

辦公地點：唧筒街[註]一百一十五號（第十六區）。PASSY10—89。

卡爾洛・阿瑞斯提姆諾・科爾博士先生，特命全權公使。

傑姆・皮孔・費布瑞先生。參贊。

安東尼奧・馬杜里先生。主秘。

安東尼奧・布悠諾先生。專員。

H・洛佩茲—孟德斯上校先生。武官。

佩德羅・薩洛加先生。商務專員。

瓜地馬拉

若弗爾廣場[註]十二號（第七區）。電話：SéGUR 09—59。
亞當・莫瑞斯・里奧先生。代理參贊。
依斯梅爾・貢薩雷斯・阿雷瓦洛先生。秘書。
費德里克・米爾戈先生。隨員。

厄瓜多爾

瓦格朗大街[註]九十一號（第十七區）。電話：éTOILE 17—89。
貢薩洛・薩爾敦比德先生。特命全權公使（和夫人）。
阿貝托・普依・阿羅斯梅納。主秘（和夫人）。
阿爾弗雷多・岡戈特納先生。三秘（和夫人）。

卡洛斯・古斯曼先生。專員（和夫人）。
維克多・塞瓦洛斯先生。參贊（和夫人），依埃納大街[註]二十一號（第十六區）。
薩爾瓦多
立奎・維加。特使。
J・H・維蕭少校。武官（和女兒）。
F・卡浦羅。主秘。
路易斯……
字母在我眼前跳動。我到底是誰？

- 麥西納大街，Avenue de Messine，位於巴黎第八區。
- 阿爾薩斯街，Rue d’Alsace，位於巴黎第十區。
- 德康街，Rue Decamps，位於巴黎第十六區。
- 哥白尼街，Rue Copernic，位於巴黎第十六區。
- 唧筒街，Rue de la Pompe，位於巴黎第十六區。
- 若弗爾廣場，Place Joffre，位於巴黎第七區。
- 瓦格朗大街，Avenue de Wagram·位於巴黎第十七區。
- 依埃納大街，Avenue d’Iéna，位於巴黎第十六區。

15

你朝左拐，康巴塞雷斯街的這一段寂靜空蕩得會叫你驚訝莫名。一輛車也沒有。我從一家旅館前經過，門廊的水晶吊燈晃得我睜不開眼。是太陽的反光。

十號乙是一棟窄窄的五層樓。二樓窗戶很高。對面的人行道上有員警在站崗。

樓房打開一扇門扉，亮著定時燈。一條長長的前廳，牆壁是灰色的。盡頭有扇鑲嵌碎玻璃的門，門邊很鈍，我費了點力氣才拉開。一道未鋪地毯的樓梯通往樓上。

我在二樓的門前停下。我決定問每層樓的房客是否在某個時期用過ANJOU 15—28這個電話號碼。我的喉嚨像打了結似的講不出話來，因爲我意識到自己的舉動十分古怪。門上有塊銅牌，上面寫著：海倫・皮爾格拉姆。

門鈴用了太久，聲音尖細，只能斷斷續續地聽到。我儘量久久地用食指按電鈴。門打開了一條縫，露出一張女人的臉，淺灰色的頭髮剪得短短的。

「夫人……我想打聽一件事……」

她用一雙明亮的眼睛注視著我。看不出她有多大年紀。三十歲，五十歲？

「你原來的電話號碼是不是ANJOU 15—28？」

她皺起眉頭。

「是啊。怎麼了？」

她打開門。穿著一件男式黑綢室內便袍。

「你問我這個幹什麼？」

「因爲……我在這兒住過……」

她走出來，站在樓梯平臺上一個勁兒地打量我。她瞪大了眼睛。

「可……你是……麥艾維……先生吧？」

「是。」我隨口答道。

「請進。」

她看上去十分激動。我們在前廳中間面對面站著。地板踩壞了，有些木板條換上了橡膠皮墊。

「你樣子沒怎麼變。」她微笑著對我說。

「你也是。」

「你還記得我？」

「記得很清楚。」我對她說。

「謝謝……」

她的目光柔和地停留在我身上。

「你來……」

她領我走進一間天花板很高的大屋子，窗戶就是我從街上看到的那幾扇，地板破損的程度和前廳一樣，有幾處鋪了白羊毛地毯。秋陽從窗戶射進來，用琥珀色的光照亮房間。

「請坐……」

她向我指了指靠牆的一張鋪絲絨坐墊的長椅。她在我左邊坐下。

「這樣……突然又見到你挺滑稽的。」

「我路過這個街區。」我說。

她似乎比在門縫中出現時年輕了些，嘴角、眼睛四周和額頭上沒有一絲皺紋，光滑的面龐與一頭白髮形成鮮明對照。

「我覺得你變了髮色。」我沒有把握地說。

「沒有呀……我二十五歲時頭髮就白了……我寧願保持這種顏色……」

除了這張絲絨長椅外沒有很多傢俱。靠對面牆有張長方桌。兩扇窗戶之間有個舊人體模型，上半身搭了塊髒兮兮的膚色織布，突兀地出現在房子裡，使人聯想到縫紉車間。我注意到屋角有架縫紉機擺在一張桌子上。

「你認出這間房子了嗎？」她問我道，「你看……我保留了一些東西……」

她朝服裝店用的人體模型揮了一下胳膊。

「這些都是德妮絲留下的……」

德妮絲？

「的確，」我說，「沒有多大變化……」

「德妮絲呢？」她不耐煩地問我道，「她現在怎麼樣了？」

「噯，」我說，「我好久沒見到她了……」

「啊……」

她神情失望，搖了搖頭，彷彿她明白不該再談這位德妮絲了，出於審慎。

「實際上，」我對她說，「你早就認識德妮絲？」

「是的……我是通過里昂認識她的……」

「里昂？」

「里昂．凡．艾倫。」

「噢，當然。」我說。當里昂這個名字沒有立即使我聯想到里昂．凡．艾倫時，她近乎責備的語氣，令我印象深刻。

「里昂．凡．艾倫，他怎麼樣了？」我問道。

「啊……我有兩三年沒他消息了……他去了荷屬蓋亞納的帕拉馬博……他在那兒辦了一

個舞蹈班……」

「舞蹈？」

「對。里昂幹服裝業以前是跳舞的……你不知道？」

「知道，知道。我忘了。」

她身子往後一退靠在牆上，重新繫好便袍的腰帶。

「你呢，你現在做什麼？」

「啊，我嗎？……什麼也不做……」

「你不在多明尼加共和國公使館工作了？」

「不在了。」

「你記得你曾經建議要幫我搞一本多明尼加的護照嗎？你說在生活中必須多加小心，總得有好幾本護照才行……」

這個回憶使她很開心。她格格地笑了兩聲。

「你最後一次得到德妮絲的消息是多久以前？」我問她道。

「你和她一起去了默熱弗[註]，她從那兒給我寄來一封短信。從此再也沒有消息了。」

她用探詢的目光注視著我，但恐怕不敢向我直截了當地提問題。這位德妮絲是誰？她在我的生活中扮演過重要的角色嗎？

「你想想，」我對她說，「有時我覺得如墮五里霧中……好些事記不起來了……有些沮喪的時期……所以，我經過這條街的時候，冒昧地上了樓……試圖尋回這……這……」

我尋找著準確的字眼，但沒有找到。這毫無關係，因爲她在微笑，這笑容表明我的舉動沒有使她吃驚。

「你想說：尋回當年的好時光？」

「對。正是……當年的好時光……」

她從緊靠沙發的一張小矮桌上拿起一隻描金盒子，把它打開。盒裡裝滿香煙。

我揮揮手。

「不，謝謝。」我對她說。

「你戒煙了？這是英國香煙。我記得你抽英國香煙。每次你、我、德妮絲三個人在這兒會面的時候，你總給我帶來滿滿一包英國盒裝香煙……」

「是呀，是這樣……」

「你在多明尼加公使館想要多少煙就有多少煙……」

我朝描金盒子伸出手，用拇指和食指夾住一支香煙。我擔心地把它含在嘴裡。她點上自己那支香煙，然後把打火機遞給我。我打了好幾次才打出火來。我吸了一口。一陣非常難受的刺癢立即使我咳嗽起來。

「我不習慣了。」我對她說。

我不知該如何扔掉這支煙，一直用拇指和食指夾著，它慢慢地燃燒著。

「這麼說，」我對她道，「現在這間房子換你住了？」

「是的。再沒有德妮絲的消息以後，我在這兒安頓了下來……再說她動身前對我說過，我可以再住進來……」

「她動身前？」

「是呀……在你們動身去默熱弗之前……」

她聳了聳肩，彷彿這對我應該是明擺著的事。

「我覺得在這間房子裡只待了很短的時間……」

「你和德妮絲在這兒待了幾個月……」

「你呢，在我們之前你住在這兒嗎？」

她注視著我，驚得發呆。

「當然啦，怎麼……這是我的房子啊……我把它借給了德妮絲，因爲我必須離開巴黎……」

「請原諒……我剛才在想別的事。」

「這兒對德妮絲很方便……她有地方開裁縫鋪……」

一名女裁縫？

「我想不出我們爲什麼離開了這間房子。」我對她說。

「我也一樣……」

又是這探詢的目光。可是我如何向她解釋呢？我知道的比她還少。對這些事情我一無所知。我最終把燒灼我手指的煙頭放到煙灰缸裡。
「我們來這兒住以前見過面嗎？」我怯生生地問道。
「見過兩三次。在旅館裡……」
「哪家旅館？」
「康邦街，卡斯蒂耶旅館。你還記得和德妮絲住的那個綠房間嗎？」
「記得。」
「你們離開了卡斯蒂耶旅館，因爲你們覺得在那兒不安全……是不是這樣？」
「是。」
「那的確是個古怪的時期……」
「什麼時期？」
她沒有回答，又點著一支煙。
「我想給你看幾張照片。」我對她說。
我從上衣夾裡的口袋內掏出那個從不離身、裝了全部照片的信封。我把那張在夏季餐廳照的，有佛萊迪．霍華德．德．呂茲、蓋兒，奧爾洛夫、不知名的年輕女子和我的照片拿給她看。

「你認出我了嗎？」

她轉過身，在陽光下看著相片。

「你和德妮絲在一起，但我不認識另外兩位……」

這麼說，那女子是德妮絲。

「你不認識佛萊迪．霍華德．德．呂茲嗎？」

「不認識。」

「蓋兒．奧爾洛夫呢？」

「不認識。」

人們的生活顯然是互相隔絕的，各自的友人彼此不相識。這令人遺憾。

「我還有她的兩張照片。」

我遞給海倫一張身份證小相片，和她憑倚欄杆照的那張相片。

「我見過這一張，」她對我說，「我想是她從默熱弗寄給我的……可是我想不起放哪兒了……」

我從她手裡取回這張照片，專注地看著。默熱弗。德妮絲身後有扇帶木百葉窗的小窗戶。對，百葉窗和欄杆可能正是山間木屋別墅的。

「動身去默熱弗畢竟是個怪念頭，」我突然說道，「德妮絲有沒有告訴你她的想法？」

她凝視著小小的身份證照片。我等著她回答，心怦怦直跳。

她抬起了頭。

「是的……她對我談過……她告訴我默熱弗是個安全的地點……你們總有辦法越過國境的……」

「是的……當然啦……」

我不敢深談。爲什麼一涉及到我關心的問題，我就這樣膽怯，這樣害怕呢？從她的眼神中我看出，她眞希望我對她作出解釋。我們兩人誰也不作聲。終於，她下了決心：

「在默熱弗究竟發生了什麼事？」

她如此懇切地向我提出這個問題，我第一次感到了沮喪，甚至不僅僅是沮喪，而是絕望；當你意識到無論你如何努力，無論你才能有多高，願望有多好，當你碰到的是個不可逾越的障礙時，你就會感到這般絕望。

「我會向你解釋的……改天吧……」

我的嗓音或面部表情一定有些異樣，因爲她緊緊抓住我的胳膊，好像想安慰我。她對我說：

「原諒我向你提出不合宜的問題……但是……我是德妮絲的朋友……」

「我明白……」

她站了起來。

「等我一會兒……」

她離開了房間。我注視著陽光在腳下白羊毛地毯上形成的一灘灘的光。接著是地板條、長方桌以及原來歸德妮絲所有的舊人體模型。有沒有可能，我最終還是認不出這些曾經生活過的地方呢？

她回來了，手裡拿著兩本書和一個記事本。

「德妮絲走時忘記拿這些東西了。喏，給你吧……」

我很驚訝她沒有把這些紀念物放在一個盒子裡，如斯蒂奧帕·德·札戈里耶夫和佛萊迪母親原來的園丁所做的那樣。總之，在我尋訪的過程中，這是第一次沒人給我盒子。這個念頭使我笑了。

「什麼事讓你這麼開心？」

「沒什麼。」

我注視著書的封皮。其中一張封皮上，一個留唇髭、戴瓜皮帽的中國人的臉出現在藍色的輕霧中。書名是：《查理·張》。另一張封皮是黃顏色的，下方有個假面具，上插一管鵝毛筆。書名：《匿名信》。

「德妮絲竟讀這類偵探小說！」她對我說，「還有這個……」

她遞給我一個鱷魚皮的小記事本。

「謝謝。」

我打開記事本瀏覽著，上面什麼也沒寫。沒有任何名字，任何約會。記事本只有月日，沒有年份。我終於發現本子裡夾著一張紙，我把它展開：

法蘭西共和國

塞納省員警局

巴黎第十三區出生證原件證明書

德妮絲·依薇特·庫德勒斯，女，一九一七年十二月二十一日十五時，出生於奧斯特利茨濱河路9號乙。

父：保爾·庫德勒斯，母：昂莉葉特·鮑加埃爾。無業，住址同上。一九三九年四月三日在巴黎（第十七區）與吉米·佩德羅·斯特恩結婚。

特此證明。

巴黎，一九三九年六月十六日

「你看見過嗎？」我說。

她吃驚地看了出生證一眼。

「你認識她的丈夫嗎？那位……吉米．佩德羅．斯特恩？」

「德妮絲從來沒有告訴我她結過婚……你呢，你知道嗎？」

「不知道。」

我把記事本、出生證和裝照片的信封塞進上衣內裡的口袋。我不知爲何有個念頭一閃而過：盡可能地把這些寶物隱藏在上衣襯裡內。

「謝謝你送給我這些紀念品。」

「不必客氣，麥艾維先生。」

她又叫了一遍我的名字，我大大舒了一口氣，因爲她第一次說的時候我沒有聽清楚。我眞想立即把它記下來，但對拼寫沒有把握。

「我很喜歡你對我名字的讀法，」我對她說，「這對法國人不容易……可是你怎麼寫呢？別人寫這個名字時總犯拼寫錯誤……」

我用調皮的語氣說。她笑了。

「M...C... 大寫E，V...O...Y...」她一個字母一個字母地讀著。

「這是一個字？你有把握嗎？」

「完全有把握。」她對我說，彷彿躲過了我給她布下的陷阱。

這麼說，是McEvoy。

「太好了。」我對她說。

「我從不犯拼寫錯誤。」

「佩德羅．麥艾維……不管怎麼說，我的名字有點怪，你不覺得嗎？有些時候我還習慣不了……」

「噢……我差點忘了。」她對我說。

她從衣服口袋裡掏出一個信封。

「這是德妮絲寫給我的最後一封信……」

我展開信讀道：

親愛的海倫：

事情已定。明天我們和佩德羅一起穿越邊境。到了那邊，我將儘快給你寫信。我暫且告訴你一個人的電話號碼，此人在巴黎，我們可以通過他聯繫：奧列格．德．雷狄 AUTEUIL54—73

擁抱你。

德妮絲

二月十四日於默熱弗

「你打電話了嗎？」

「是的，但每次人家都說這位先生不在。」

「這位……雷狄是誰呀？」

「我不知道。德妮絲從來沒有向我提到過他……」

陽光漸漸離開了房間。她點亮了沙發旁矮桌上的小燈。

「我可以再看看我住過的房間？」我對她說。

「當然可以……」

我們走進一條過道，她打開了右面的一扇門。

「這就是，」她對我說，「我不再使用這個房間……就在客房裡睡……你知道的……朝院子的那間……」

我呆在門口。屋裡還相當亮。窗戶兩側掛著酒滓色窗簾。牆上貼著淡藍色圖案的壁紙。

「你認出來了？」她問我道。

「是的。」

靠裡面牆放著一個床繃。我走過去坐在床繃邊上。

「我能不能獨處幾分鐘？」

「當然啦。」

「這將使我回想起當年的好時光……」

她傷心地望了我一眼，點了點頭。

「我去沏茶……」

她離開房間後，我環顧四周。這個房間的地板也壞了，地板條缺損，但窟窿沒有填上。窗戶對面，靠牆有個白色大理石的壁爐，上方有面鑲金框、四角嵌貝殼的鏡子。我橫躺在床墊上，凝視著天花板，然後視線停留在牆紙的圖案上。我幾乎把額頭貼在牆上，想看個仔細。鄉野的場景。姑娘們戴著複雜的假髮邊鞦韆。牧童穿著燈籠短褲彈奏曼陀林。喬林中月色溶溶。這一切喚不起我任何回憶，而當我在這張床上睡覺的時候，這些畫一定對我並不陌生。我在天花板上、牆上、門那邊尋找一個跡象，一絲痕跡，但不清楚究竟是什麼。沒有一樣東西吸引住我的目光。

我站起來，一直走到窗前。我往樓下看。

街上僻靜無人，比我進樓時更昏暗。員警仍在對面人行道上站崗。左邊，如果我偏一下頭，就能瞥見一個同樣僻靜無人的廣場，有另外一些員警在站崗。所有這些樓房的窗戶似乎吸收了漸漸降臨的夜色。這些窗戶是黑的，看得出裡面無人居住。

於是，我心裡抖動了一下。從這間屋裡看到的景象使我產生了已經領略過的不安和憂慮。這些房屋的正面，這條僻靜的街，這些在暮色中站崗的人影，暗中令我心慌意亂，正如往昔熟悉的一首歌，或一種香水。我確信，過去在同一時刻，我經常待在這兒窺伺，文風不動，不做任何動作，甚至不敢開燈。

我回到客廳時，以爲一個人都沒有了，但她躺在絲絨長椅上睡著了。我輕輕地走過去，在長椅的另一頭坐下。白羊毛地毯中間放了一個托盤，裡面有個茶壺和兩只茶杯。我輕咳了兩聲。她沒有醒。於是我在兩只杯子裡斟了茶。茶是涼的。

長椅旁的燈只照亮一部分房間，我幾乎辨認不出桌子、人體模型和縫紉機，德妮絲扔在這兒的東西。我們在這個房間裡是如何度過夜晚的？怎樣才能知道呢？

我一小口一小口地啜著茶。我聽見她的呼吸聲，難以覺察的呼吸聲。但房間如此寂靜，哪怕最小的聲響，最輕的耳語，也清晰得令人不安。何必叫醒她呢？她無法告訴我許多事。我把茶杯放在羊毛地毯上。

離開房間時，地板被我踩得咯啦咯啦地響。我走進過道。

我摸索著找門，然後找樓梯間的定時燈。我盡可能輕地關上門。剛推開另一扇鑲小方格玻璃的門，準備穿過樓房入口處時，我又再次心跳一下，和剛才憑窗眺望時一樣。入口處球形玻璃罩頂燈揮灑下一片白光。漸漸地我習慣了這過於耀眼的光。我呆在那兒凝視著灰牆和門上閃閃發光的小方格玻璃。

一種感覺油然而生，好像那些稍縱即逝的夢的碎片，你醒來時試圖抓住它們，以便把夢補圓。我覺得自己在漆黑的巴黎行走，推開康巴塞雷斯街這幢樓房的門。突然間我的眼睛被晃得睜不開來，有幾秒鐘我什麼也看不見，因爲入口處的白光與外面的夜色反差太大了。

這是哪個年代的事？名叫佩德羅．麥艾維的我，每晚回到這裡的時期？我認得出入口、長方形大擦鞋墊、灰牆、有一道銅箍的球形玻璃罩頂燈嗎？在門的小方塊玻璃後面，我看見樓梯的起步，眞想登上樓梯，再做一遍我做過的動作，走走以前的路線。

我相信，在各棟樓房的入口處，仍然迴響著天天走過、然後失去蹤影的那些人的腳步聲。他們所經之處有某種東西在繼續顫動，一些越來越微弱的聲波，如果留心，仍然可以接收到。其實，我或許根本不是這位佩德羅．麥艾維，我什麼也不是。但一些聲波穿過我的全身，時而遙遠，時而強烈，所有這些在空氣中飄蕩的分散的回聲凝結以後，便成了我。

●默熱弗，Megève，上薩瓦省內知名小鎮，位在法國東南部隆河—阿爾卑斯大區內。因地近白朗峰，是知名的滑雪勝地。地理位置與瑞士和義大利毗連。

16

康邦街，卡斯蒂耶旅館。接待處對面有間小客廳。玻璃門書櫥裡擺放著一套L．德．維埃爾—卡斯泰爾撰寫的《王朝復辟史》[註]。一天晚上，上樓回房間前，我或許取了其中的一卷，並把當作書籤用的信件、相片或電報忘在了書中。但我不敢向守門人要求翻閱十七卷書，以便尋回自己的蹤跡。

旅館最裡面有個小院，牆上搭了綠色格子架，上面爬滿常春藤。地面呈赭石色，網球場沙地的顏色。花園裡擺放幾張桌椅。

這麼說，我和德妮絲、庫德勒斯在這兒生活過。

我們的房間朝向康邦街還是朝向院子？

•《王朝復辟史》，《Histoire de la Restauration》by Louis de Viel-Castel。

17

奧斯特里茲濱河路[註]十九號。一棟三層樓的房子，門口有一道漆成黃色的走廊。標誌看來是海軍咖啡館，玻璃門後掛著一塊牌子，上面用鮮紅的字母寫著：MEN SPREEKT VLAAMCH。

櫃檯前擠著十來個人。我在靠裡面牆的一張空桌邊坐下。牆上有幅港口的大照片，照片下方寫著：安特衛普。

顧客們在櫃檯前大聲講著話。他們大概都在本街區工作，來喝一杯晚餐前的開胃酒。玻璃門旁有座彈珠台，一個穿海軍藍色西裝、打著領帶的人站在它前面，他的服裝與身穿羊皮黑上衣、皮上裝或工作服的其他人構成鮮明的對比。他沉著地玩著，用一隻軟綿綿的手拉著彈珠台的彈簧拉柄。

香煙和煙斗冒出的煙刺痛我的眼睛，嗆得我咳嗽。空氣中飄著熬豬油的氣味。

「你要什麼？」

我沒有看見他走過來。我甚至想不會有人來問我要什麼，因爲我坐在最裡面的桌子，不會被人注意。

「一杯即溶咖啡。」我對他說。

這是個身材矮小的人，年齡六十上下，一頭白髮，滿面通紅，大概已灌下了幾杯開胃酒。淺藍色的眸子在鮮紅面色的襯托下顯得更淡。白、紅、藍三色如同塗在陶器上的彩釉，使人快活。

「請原諒……」正當他回櫃檯的時候，我對他說，「門上的字是什麼意思？」

「MEN SPREEKT VLAAMCH？」

他嗓音洪亮地講出這句話。

「是呀？」

「意思是：此處講弗拉芒語[註]。」

他把我扔下，搖搖晃晃地朝櫃檯走去，粗暴地用胳膊推開擋道的顧客。

他用兩手端著一杯咖啡走回來，兩臂前伸，彷彿盡力避免杯子跌落。

「來了。」

他把杯子放在桌子中間，像到達終點的馬拉松賽跑運動員一樣喘著粗氣。

「先生……你聽說過……庫德勒斯嗎？」

我驀然提出了問題。

他倒在我對面的椅子上，交叉起雙臂。

他仍在喘氣。

「怎麼了？你認識……庫德勒斯？」

「不，但在家裡聽人談起過他。」

他的面色變成了磚紅色，鼻翼沁出了汗珠。

「庫德勒斯……原先他住樓上，在三樓……」

他稍有口音。我喝了一口咖啡，決定專心聽他講，因爲再提問或許會嚇到他。

「他以前在奧斯特里茲車站工作……他妻子是安特衛普人，和我一樣……」

「他是不是有個女兒？」

他微微一笑。

「是的。一個漂亮的小姑娘……你認識她？」

「不認識，但我聽說過……」

「她現在怎麼樣？」

「我也想知道哩。」

「那時她每天早上來給父親買香煙。庫德勒斯抽勞倫牌……一種比利時的香煙……」

他沉浸在回憶裡，我相信他和我一樣，此時已聽不見大聲談笑和身邊彈珠台機關槍掃射似的響聲了。

「庫德勒斯，古道熱腸的一條漢子……我常常和他們一起吃飯，在樓上……我和他妻子講弗拉芒語……」

「你不再有他們的消息了？」

「他死了……他妻子回安特衛普了……」

他揮手在桌面上一掃。

「這都是很多年以前的事了……」

「你說她來給父親買香煙……是什麼牌子來著？」

「勞倫牌。」

我希望記住這個牌子。

「一個怪女孩……十歲時就能和我的客人打撞球了……」

他朝我指了指咖啡館盡頭的一扇門，一定是通向撞球間的。這麼說她是在這兒學會玩撞球的。

「等等，」他對我說，「我要給你看樣東西……」

他身子笨重地站起來，朝櫃檯走去。他再次用胳膊推開所有擋他道的人。大多數顧客戴著海軍帽，講著古怪的語言，想必是弗拉芒語。我想是因爲在奧斯特里茲碼頭停泊著大概來自比利時的駁船。

「喏……你看……」

他在我對面坐下，遞給我一本舊時裝雜誌，封面有位少女，栗色頭髮，眼睛明亮，相貌有亞洲人的特點。我立即認出她是德妮絲。她戴頂黑色女式圓帽，手執一束蘭花。

「這是德妮絲，庫德勒斯的女兒……你看……一個漂亮的小姑娘……她當過模特兒……我認識她時，她還是個孩子……」

雜誌封面污跡斑斑，貼著透明膠帶。

「我呢，她來買勞倫牌香煙時，我總見到她……」

「她沒當過……女裁縫？」

「沒有。我想沒有。」

「你眞不知道她現在的情況嗎？」

「不知道。」

「你沒有她母親在安特衛普的地址嗎？」

他搖搖頭，神情悲戚。

「這一切，老弟，全結束了……」

爲什麼？

「你能不能把這本雜誌借給我？」我問他道。

「可以，老弟，但你得答應還給我。」

「我答應。」

「我很珍惜它。如同家人的紀念品。」

「她幾點鐘來買香煙？」

「總在八點差一刻。去上學前。」

「哪所學校？」

「在熱奈街上[註]。我和她父親有時陪她去學校。」

我迅速地伸出手抓住雜誌，一把拿過來，心怦怦地跳。因爲他有可能改變主意，留著它不外借。

「謝謝。明天我給你送回來。」

「一定啊！」

他一臉懷疑地望著我。

「你爲什麼對這個感興趣？你是她親戚嗎？」

「是。」

我忍不住凝視雜誌封面。上面的德妮絲比我已有的照片更年輕些。她戴著耳環，比蘭花長的幾支蕨草把她的脖頸遮去了一半。遠處有尊天使木雕。下方，在照片左下角，用紅筆寫了幾個極小的字，在黑色圓帽的襯托下更加鮮明：讓—米榭．芒蘇爾攝。

「你想喝點什麼嗎？」他問我道。

「不，謝謝。」

「那麼，這杯咖啡算我請你的。」

「你太客氣了。」

我站起來，手裡拿著雜誌。他走在我前面，替我開道，櫃檯前的顧客越來越多。他不時用弗拉芒語招呼他們。我們用了很長時間才走到玻璃門前。他打開門，擦了擦鼻子上的汗。

「你別忘了還我，嗯？」他指著雜誌對我說。
他關上玻璃門，隨我在人行道上走。
「你看……他們住在樓上……三樓……」
窗戶亮著燈。在一個房間的盡裡頭，我看見一個深色木衣櫥。
「現在有別的房客了……」
「你和他們在哪個房間一起吃飯？」
「那一間……在左邊……」
他向我指著窗戶。
「德妮絲的臥室呢？」
「它朝另一側……朝院子……」
他在我身邊，若有所思。我終於向他伸出手。
「再見。我會把雜誌送回來給你的。」
「再見。」

他走進咖啡館。他望著我，泛紅的大臉龐貼在門玻璃上。煙斗和香煙冒出的煙把櫃檯前的顧客籠罩在一片黃霧中，他的氣息使玻璃蒙上水汽，發紅的大臉龐也變得愈來愈模糊。

天黑了。德妮絲放學回家的時間，如果她上晚自習的話。她走哪一條路呢？她從右邊抑或從左邊來？我忘記問咖啡館的老闆了。那個時候，車輛行人較少，奧斯特里茲濱河路上，法國梧桐綠蔭如蓋。遠處的火車站一定像西南部一座城市的火車站。再遠處，植物園、酒市場的陰影和沉寂使這個街區更加寧靜。

我走進大樓的門，撳亮了定時燈。一條走廊，舊石板地面有黑灰二色的菱形圖案。一塊鐵製擦鞋墊。黃牆上有信箱。仍有熬豬油的氣味。

我想，如果我閉上眼睛，聚精會神，手指頂著額頭，我也許會聽到，遠遠的，她穿著便鞋咯嗒咯嗒上樓的聲音。

• 奧斯特里茲濱河路，Quai d'Austerlitz，位於巴黎第十三區。

• 弗拉芒語，Flemish，是比利時北部弗蘭德斯地區所使用荷蘭語方言的舊稱，前文安特衛普就隸屬此區。法語和弗拉芒語一度是比利時南北兩區使用的語言，直到一九八〇年後荷、比兩國簽約後官方語言正式統一爲荷蘭語。

• 熱奈街，Rue Jenner，位於巴黎第十三區。

18

我相信，我和德妮絲第一次見面是在一家旅館的酒吧間裡。和我在一起的有照片上的那個人，我兒時的朋友佛萊迪・霍華德・德・呂茲，還有蓋兒・奧爾洛夫。當時他倆從美國回來，暫時住在旅館裡。蓋兒・奧爾洛夫告訴我她在等一位女性友人，她剛認識的一位女孩。

她朝我們走來，那一瞬間我對她的臉孔留下深刻印象。一張亞洲人的臉孔，儘管她的頭髮幾乎是金黃色的。一雙十分明亮的、有蒙古褶的眼睛。高顴骨。戴一頂古怪的小帽，那形狀令人聯想到奧地利西部蒂羅爾人的帽子。頭髮剪得很短。

佛萊迪和蓋兒・奧爾洛夫要我們稍等片刻，然後上樓回到他們的房間。我們面對面坐著。她嫣然一笑。

我們沒有講話。她的眸子顏色很淡，不時閃爍綠光。

19

讓—米榭．芒蘇爾。加布里埃爾街[註]一號，第十八區。CLI7 2—01。

•加布里埃爾街，Rue Gabrielle，位於巴黎第十八區。

20

「對不起。」當我來到布朗什廣場註一家咖啡館，在他的桌邊坐下時，他對我說。是他打電話約我傍晚六時前後在這裡與他會面的。「對不起，我一向先約在外面……尤其是第一次會面……現在，我們可以去我家了……」

我很容易便認出了他，因爲他向我說明他會穿一套深綠色條絨服裝，他的頭髮是白的，很白，留平頭。這種簡單的髮式與他眨個不停的黑色長睫毛、杏仁眼和像女性的嘴巴很不相稱：上唇線條彎彎曲曲，下唇繃緊，彷彿在發號施令。

他站著，看上去身材中等。他套上一件雨衣，我們走出了咖啡館。

我們來到克利希大道註的土堤，他指著紅磨坊旁的一棟樓對我說：

「要在以前，我就約你到格拉夫咖啡館會面了……在那邊……現在已經不在了……」

我們穿過林蔭大道，走上庫斯圖街[註]。他加快步伐，不時朝左邊人行道上海藍色的酒吧間偷偷看上一眼。我們到達大車庫時，他幾乎邊走邊跑了。他在勒皮克街[註]的拐角停下腳步。

「請原諒，」他氣喘吁吁地對我說，「這條街使我想起一些怪事……請原諒……」

他的確嚇壞了。我甚至相信他在發抖。

「現在好些了……在這兒，一切都會好的……」

他面帶微笑，注視著前方勒皮克街的斜坡，市場的貨攤以及燈火通明的食品店。

我們走上阿貝斯街[註]。他鎮靜地邁著輕鬆的步子。我眞想問問他庫斯圖街使他想起哪些怪事，但我不敢造次，也怕觸發他那令我吃驚的神經質。突然，到達阿貝斯廣場前，他又加快了步子。我在他右邊走。正當我們穿過日爾曼—皮隆街[註]的時候，我見他驚恐萬分地朝這條房屋低矮陰暗、坡度較陡、一直通向林蔭大道的窄街望了一眼。他緊緊抓住我的胳膊。他抓住我不放，彷彿想擺脫掉注視這條街的念頭。我把他拖到對面的人行道上。

「謝謝……你知道……這非常怪……」

他遲疑著，眞心話到了嘴邊。

「我……每次我穿過日爾曼—皮隆街街口便感到頭暈……我……我想沿街走下去……但我承受不住……」

「爲什麼你不沿街走下去呢？」

「因爲……這條日爾曼—皮隆街……以前有……有個地點……」

他停住不說了。

「啊……」他帶著茫然的笑對我說，「我眞傻……蒙馬特變化那麼大……說起來話長……你沒見過以前的蒙馬特……」

他又知道什麼呢？

他住在加布里埃爾街，聖心花園邊上的一幢樓裡。我們從側梯上了樓。他花了好長時間才打開門：他用不同的鑰匙打開了三道鎖，那樣慢，那樣專心，彷彿在用繁瑣的辦法開啓保險箱。

套房極小，只有一間客廳和一間臥室，大概是用一間屋子隔成的。粉紅色緞子做的幃幔掛在銀線編的細繩上，將臥室與客廳分開。客廳四面牆上貼著天藍色的綢子，僅有的一扇窗被同樣顏色的窗簾遮住。黑漆獨腳小圓桌上擺放著象牙雕刻和玉製品。低矮的安樂椅，淡綠色的座面。長沙發的綠布面顏色更淺，點綴著花莖圖案。整個客廳看上去像只糖果盒。光線來自鍍金的壁燈。

「請坐。」他對我說。

我在花莖圖案的長沙發上坐下。他坐在我身邊。

「那麼……拿給我看吧……」

我從上衣口袋裡拿出時裝雜誌，向他指了指封面上的德妮絲。他從我手中接過雜誌，戴上粗大的玳瑁架眼鏡。

「是的……是的……讓—米榭．芒蘇爾攝……正是我……毫無疑問……」

「你記得這個女孩嗎？」

「根本不記得。我難得爲這家報紙工作……這是一份時裝小報……我主要爲《時尚》工作，你明白嗎？」

他想強調自己與小報不相為伍。

「你不知道這張照片的其他細節嗎？」

他神情快活地打量著我。在壁燈的光線下，我發現他的臉上有些細小的皺紋和雀斑。

「親愛的，我馬上就告訴你……」

他站起來，手裡拿著雜誌。他用鑰匙打開一扇門，我一直沒有注意到這扇門，因為它和四壁一樣貼著天藍色的綢子。它通向一個小房間。

我聽見他拉開又關上許多金屬抽屜的聲音。幾分鐘後，他從小房間出來，仔細地關上門。

「瞧，」他對我說，「我有底片的小卡片。一開始我就保存所有檔案……按照年份和字母順序排列……」

他又過來在我身邊坐下，查看著卡片。

「德妮絲……庫德勒斯……是這樣嗎？」

「是。」

「我後來再沒給她拍過照片……現在，我想起這個女孩了……霍寧根·胡恩[註]給她拍了許多照片……」

「誰？」

「霍寧根—胡恩，一位德國攝影師……對了……是這樣……她常與霍寧根—胡恩一起工作……」

每當芒蘇爾說出這個如夢似幻、呻吟般的名字時，我便覺得德妮絲的一雙淺色眼睛的視線好像第一次停留在我身上。

「我有她當年的地址，如果你感興趣……」

「我感興趣。」我用變了調的聲音答道。

「巴黎第十七區，羅馬路[註]九十七號。羅馬路九十七號……」

他驀地朝我仰起頭。臉白得嚇人，兩眼瞪得老大。

「羅馬路九十七號……」

「可是……怎麼了？」我問他道。

「現在，我清楚地記起這位女孩來了……我原先有個朋友住在同一棟樓裡……」他滿腹狐疑地望著我，似乎和他穿過庫斯圖街以及上半段日爾曼—皮隆街時同樣心慌意亂。

「奇怪的巧合……我記得十分清楚……我去羅馬路她家裡找她拍照片，順便去看看這位朋友……他住在上面一層……」

「你去過她家？」

「去過。但是我們在我朋友家拍……他陪著我們……」

「哪位朋友？」

他的面色愈來愈蒼白。他很害怕。

「我……這就給你解釋……但在這以前，我想喝點東西……給自己壯壯膽……」

他起身朝一個活動小餐桌走去，把它推到長沙發前。桌子上層放了一排長頸大肚水晶塞玻璃瓶，像德國黨衛軍樂師們戴在脖子上的那種帶鏈銀牌，上面刻著利口酒的名字。

「我只有甜酒……你不介意嗎？」

「一點也不。」

「我喝一點瑪麗白莎香甜酒……你呢？」

「我也一樣。」

他在狹長的杯子裡斟了瑪麗白莎香甜酒，當我品嘗著甜酒時，它與緞子、象牙雕刻以及四周有些令人作嘔的包金飾物融爲一體。彷彿是這間房子的精華所在。

「那位住在羅馬路的朋友……被人謀殺了……」

他吞吞吐吐地講出最後一個字眼，他肯定是爲我才做出這番努力的，不然他不會有勇氣使用如此確切的字眼。

「他是埃及的希臘人……寫過一些詩和兩本書……」

「你認爲德妮絲．庫德勒斯認識他嗎？」

「啊……她大概在樓梯上碰到過他。」他氣惱地對我說，因爲這個細節對於他毫無意義。

「那……是在這棟房子裡出的事？」

「是的。」

「德妮絲·庫德勒斯當時住在這裡嗎?」

他甚至沒聽見我的問題。

「夜裡出的事……他叫了一個人去他樓上的房間……他隨便叫人進他房間……」

「兇手找到了嗎?」

他聳了聳肩。

「這類兇手是永遠找不到的……我料定他終究會出事……要是你見過他晚上邀請去他家的某些男人的嘴臉……即使在大白天我也會害怕的……」

他露出古怪的笑容,既激動,又恐懼。

「你的朋友叫什麼?」我問他道。

「亞歷·斯庫菲。亞歷山卓來的一位希臘人。」

他驀地站起來,撩開天藍色的綢緞窗簾,露出了窗戶。然後他回到我身旁長沙發的座位上。

「請原諒……有些時候我覺得有人藏在窗簾後面……再來點香甜酒？是的，一丁點瑪麗白莎香甜酒……」

他盡力裝出快活的語調，緊緊抓住我的胳膊，彷彿想向自己證明我的確在那兒，在他身邊。

「斯庫菲來法國定居……我是在蒙馬特認識他的……他寫了一部出色的書，名叫《下碇的船》……」

「可是，先生，」我嗓音堅定，一字一字地說，以便他能聽見我的問題，「既然你告訴我德妮絲．庫德勒斯住在下面一層，那天夜裡她一定聽見異常的動靜……她一定作爲證人被盤問過……」

「也許吧。」

他聳了聳肩膀。不，這位對我如此重要，我想知道她一舉一動的德妮絲．庫德勒斯，顯然絲毫引不起他的興趣。

「最可怕的，是我認識兇手……他使人產生錯覺，因爲他長著一副天使的面孔……不過他的目光十分冷酷……灰色的眼睛……」

他哆嗦了一下。彷彿他談論的那個人就在這兒，在我們面前，灰色的目光如利劍般穿透他的身體。

「一名無恥的小流氓……我最後一次見到他是在佔領時期，康邦街上位於地下樓層的餐館裡……他和一個德國人在一起……」

回憶起這件事，他聲音發抖。儘管我一心想著德妮絲．庫德勒斯，但是這樣尖利的嗓音，這樣忿忿不平的抱怨，給我一種難以解釋的印象，顯而易見的：骨子裡，他嫉妒朋友的命運，他忌恨灰眼睛的傢伙沒有暗殺他。

「他還活著……他始終在這兒，在巴黎……是有個人告訴我的……當然，他沒有那副天使面孔了……你想聽聽他的聲音嗎？」

不等我回答這個令人驚訝的問題，他已經拿起我們身邊一個皮墩子上的電話，並且撥了號碼。他把聽筒遞給我。

「你就要聽到他的聲音了……注意……他叫作『藍騎士』……」

最初我只聽見表明電話占線的那種短促的、一再重複的鈴聲。接著，在鈴聲的間隙中，我分辨出一些男人和女人的呼叫聲：——莫里斯和約西希望勒內來電話……——呂西安正在等待國民公會街的讓諾……——迪巴里夫人在找對象……——阿爾西比亞德今晚獨自一人……一些對話開始了，一些聲音在互相尋找，儘管電話鈴聲經常把它們掩蓋住。這些沒有面孔的人都試圖相互交換一個電話號碼，一句暗語，希望能見一面。終於我聽見一個比其他聲音更遙遠的聲音重複著：

「『藍騎士』今晚有空……『藍騎士』今晚有空……『藍騎士』今晚有空……請撥電話號碼……請撥電話號碼……」

「怎麼樣，」芒蘇爾問我，「你聽見他了嗎？你聽見他了嗎？」

他把耳朵貼在電話耳機上，他的臉靠近我的臉。

「我撥的號碼早就是空號了，」他向我解釋道，「反倒是，他們發覺可以用這種方式聯繫。」

他不再講話，更注意地傾聽藍騎士。我呢，我想所有這些聲音都是九泉之下的聲音，已故者的聲音——它們四處遊蕩，只有通過一個改變了用途的電話號碼才能互相應答。

「這眞可怕……眞可怕……」他把耳機緊貼著耳朵重複道，「這個殺人犯……你聽見他了嗎？」

他驀地掛上電話。他渾身是汗。

「我要給你看被這個小流氓暗殺的我的朋友的一張照片……我還要設法爲你找到他的小說《下碇的船》……你應該讀讀……」

他起身走進用粉紅綢幔與客廳隔開的臥室。它被綢幔遮住了一半，我瞥見一張十分低矮的床，上面鋪著原駝毛皮。

我一直走到窗前，俯視著蒙馬特纜車、聖心花園和更遠處的整個巴黎，它的萬家燈火、房頂、暗影。在這迷宮般的大街小巷中，有一天，我和德妮絲・庫德勒斯萍水相逢。在成千上萬的人橫穿巴黎的條條路線中，有兩條互相交叉，正如在一張巨大的電動彈珠台上，成千上萬小球中會有兩顆球偶然間互相碰撞。但什麼也沒有留下，連黃螢飛過時的一道閃光也看不見了。

芒蘇爾上氣不接下氣地又出現于粉紅幔子中間，手裡拿著一本書和好幾張照片。

「我找到了！我找到了！」

他滿面春風。他大概曾擔心忘記把這些珍貴的紀念品放在哪裡了。

他在我對面坐下，把書遞給我。

「瞧……我珍藏著它，但我把它借給你……你絕對應該讀讀它……這是本好書……多麼準確的預感！亞歷料到他會死……」

他的臉色陰沉下來。

「我再送給你他的兩三張照片……」

「你不想留著嗎？」

「不，不！別擔心……這樣的我有好幾十張……還有全部底片！」

我想求他給我印幾張德妮絲．庫德勒斯的相片，但我不敢。

「我很高興把斯庫菲的相片送給你這樣的小夥子……」

「謝謝。」

「你從窗戶往外看了嗎？景色很美，嗯？真想不到謀害斯庫菲的凶手就在這裡……」

他用手背撫摸著窗玻璃，指著樓下整個巴黎。

「現在，他一定老了……一個可怕的老人……化了妝…」

「現在，他一定老了……一個可怕的老人……化了妝……」他重覆說著。

他怕冷似地拉上了窗帘。

「我寧願不去想他。」

「我得回去了，」我對他說，「再次謝謝你送我照片。」

「你留下我一個人？你不想再喝點瑪麗白莎香甜酒嗎？」

「不，謝謝。」

他陪我穿過一條貼著深藍色絲絨壁紙、用鏤花小水晶壁燈照明的走廊，一直走到側梯入口。我注意到門邊牆上掛著一張橢圓形照片。一個金色頭髮的男人，面孔英俊剛毅，一雙眼睛如夢似幻。

「理察．沃爾……一個美國朋友……他也被謀殺了……」

他站在我面前，駝著背。

「還有其他人，」他低聲對我說，「許多其他的人……如果我計算一下……所有這些死者……」

他爲我打開門。我見他如此心慌意亂，便擁抱了他。

「老兄，別擔心，」我對他說。

「你會再來看我，是吧？我好孤單……我害怕……」

「我會再來。」

「你一定要讀斯庫菲的書……」

我壯起膽子。

「麻煩你……能不能給我印幾張……德妮絲·庫德勒斯的相片？」

「當然可以。你要什麼儘管說……別丟了斯庫菲的相片。在街上要小心……」

他關上門，我聽見他一個接一個地鎖上插梢。我在樓梯平臺待了片刻。我想像他從深藍色走廊回到那間裝飾著粉紅色和綠色緞子的客廳。在那裡，我肯定他又會拿起電話撥號碼，興奮地把聽筒貼著耳朵，不厭其煩地一邊哆嗦一邊傾聽『藍騎士』遙遠的呼喚。

•布朗什廣場，Place Blanche，位在克利希大道上，知名的紅磨坊就在此處。
•克利希大道，Boulevard de Clichy，巴黎最知名的一條大道，除了知名的紅磨坊外，街上情色商店林立，連畫家梵谷都曾爲之作畫。
•庫斯圖街，Rue Coustou，位在巴黎第十八區，莫迪亞諾六〇年代曾在此完成第一本小說，其後作品也數度以此街爲背景。
•勒皮克街，Rue Lepic，位在巴黎第十八區。蒙馬特區內的老道路，可由此向上步行至聖心堂。電影【艾蜜莉的異想世界】女主角工作的咖啡廳就在這條街上。
•阿貝斯街，Rue des Abbesses，位在巴黎第十八區。
•日爾曼—皮隆街，Rue Germain-Pilon，位在巴黎第十八區。
•霍寧根—胡恩，George Hoyningen-Hunne，1908-1985，德籍攝影師，是巴黎《時尚》雜誌廿世紀的首席攝影師，是開創上世紀時尚攝影的早期先鋒。一九三五年後他移居美國，爲《哈潑》工作並參與好萊塢電影工業。

• 羅馬路，Rue de Rome，連通巴黎第八區和十七區的街道。書中與南美人佩德羅交往的法國女孩德妮絲．庫德勒斯曾居住於此。

21

這一天，我們坐德妮絲的敞篷車一早便出發了，我相信我們經過了聖克盧門。那天有太陽，因爲德妮絲戴了一頂大草帽。

我們抵達塞納—瓦茲省或塞納—馬恩省的一座村莊，駛上一條坡度平緩、兩側植樹的街。德妮絲把車停放在通花園的一道白柵欄門前。她推開柵欄門，我在人行道上等她。花園中央有株垂楊柳，盡頭有幢平房。我見德妮絲走進了平房。

她帶一位金髮、穿灰裙的十幾歲的小女孩一起回來。我們三人上了車，小女孩在後座，我在駕車的德妮絲身旁。我記不起我們在哪兒吃的午飯。

下午，我們在凡爾賽公園散步，和小女孩一起划船。水面上的陽光晃得我睜不開眼。德妮絲把她的墨鏡借給我。

後來，我們三人圍坐在有遮陽傘的桌子旁，小女孩吃著一客綠色和粉紅色的霜淇淋。我們身邊有許多身著夏季服裝的人。樂隊演奏著樂曲。夜幕降臨，我們送小女孩回去。穿過城市時，我們經過一處市集，在那裡又停留一陣子。

我眼前再度浮現出黃昏時分空寂無人的大街，德妮絲和小女孩在一輛淡紫色的碰碰車裡，留下一道電氣火花。她們笑著，小女孩伸手向我打招呼。她是誰呢？

22

這天晚上，我坐在事務所的辦公室裡，細細端詳芒蘇爾送給我的照片。

一個胖男人，坐在一張長沙發中間。他身穿繡花絲綢晨袍。右手的拇指和食指之間夾著一根煙嘴。左手翻著放在膝頭的一本書。他禿頂，濃眉，眼瞼低垂。他在讀書。鼻子粗短，嘴角露出一絲苦澀，臉胖呼呼的，帶有東方人的特點，像頭捕鼠犬。在他身體上方，我發現一尊和雜誌封面上德妮絲·庫德勒斯身後一模一樣的天使木雕。

第二張照片上，他站著，穿著白色西裝，上面是雙排扣，裡面是條紋襯衫，打深色領帶。他左手握著一根圓頭手杖。屈著的右臂和半張的手使他的姿態顯得矯揉造作。他身體筆直，幾乎是踮著雙色皮鞋的鞋尖站著。然後他漸漸脫離相片活動起來，我見他一瘸一拐地在林蔭大道的樹下走著。

23

一九六五年十一月七日

調查對象：亞歷山大．斯庫菲。

出生地點和時間：亞歷山卓（埃及），一八八五年四月二十八日。

民族：希臘。

亞歷山大．斯庫菲於一九二〇年首度來到法國。

他先後居住在：

那不勒斯街[註]二十六號，巴黎（第八區）；

伯恩街[註]十一號，巴黎（第八區），帶傢俱出租的一套房裡；

芝加哥旅館，羅馬路九十九號，巴黎（第十七區）；

羅馬路九十七號，巴黎（第十七區），六樓。

斯庫菲是位作家，在多家雜誌上發表過許多文章，還發表過各類詩歌和兩部小說：《帶傢俱出租的金魚旅館》和《下碇的船》。

他還學習過聲樂，儘管不是職業歌劇演員，但曾在普萊耶爾音樂廳和布魯塞爾貨幣劇院演出。在巴黎，斯庫菲引起了風化員警大隊的注意。他被視爲不受歡迎的人，甚至考慮過將他驅逐出境。

一九二四年十一月，當時他住在那不勒斯街二十六號，因試圖姦淫一名未成年者受到員警審問。

一九三〇年十一月至一九三一年九月，他在羅馬路九十九號芝加哥旅館居住，陪住者皮埃爾．D，二十歲，凡爾賽第八工兵連士兵。斯庫菲似乎經常光顧蒙馬特的特殊酒吧。他繼承了父親在埃及的產業，收入豐厚。他在羅馬路九十七號的單身漢小公寓裡被謀殺。兇手至今無法破獲。

調查對象：奧列格·德·雷狄。

AUTeuil 54—73

該姓名持有者的身份一直未能查明。它可能是筆名或化名。抑或是一位在法國短期居留的外國僑民。

電話號碼AUTeuil 54—73自一九五二年起已無人使用。

一九四二年至一九五二年十年間，該電話號碼的使用者爲：

彗星汽車修理廠

弗科街[註]五號，巴黎第十六區。

該汽車修理廠自一九五二年起關閉，不久將在原址蓋一幢出租公寓。

隨這頁打字紙附了一張便條：

親愛的朋友，這是我能搜集到的全部材料。如果你需要別的情況，請速來信告知。代向于特問好。

你的尚——皮耶．貝納爾迪

● 那不勒斯街，Rue de Naples，位在巴黎第八區。
● 伯恩街，Rue de Berne，位在巴黎第八區。
● 弗科街，Rue Foucault，位在巴黎第十六區。

24

爲何在我朦朧記憶中浮動的身影，一直是斯庫菲這個長著獒犬般嘴臉的胖男人，而不是其他人呢？或許因爲那套白西裝。那是一個鮮明的斑點，如同擰開收音機的旋鈕，在所有輕微的爆裂聲和所有的干擾雜訊中，突然響起樂隊演奏的樂曲或者一道清脆的嗓音，那樣地鮮明……

我回憶起這套西裝在樓梯上構成的明亮斑點，以及圓頭手杖在梯級上有規則的、低沉的敲擊聲。他在每層樓梯平臺都停下腳步。我上樓去德妮絲的房間時，數次與他交錯而過。我準確地回想起黃銅樓梯扶手、淺褐色牆、每間套房前面都是雙扉的深色木門。各層樓通宵點著的小盞電燈，以及從黑暗中出現的那張臉，獒犬一般溫柔而憂傷的眼神……我甚至相信他曾在經過身邊時向我打過招呼。

羅馬路和巴蒂尼奧爾林蔭大道[註]的拐角有家咖啡館。夏天，人行道上設立露天座，我坐在其中的一張桌邊。這是晚上。我在等德妮絲。夕陽的餘暉滯留在鐵道邊、羅馬路那頭汽車修理廠的牆面上，和彩繪大玻璃窗上……

突然，我瞥見他穿過林蔭大道。他身穿那套白西裝，右手拄著圓頭手杖。走路稍微有些跛。他朝克利希廣場[註]走遠了，我目不轉睛地盯著堤坊樹下僵直的白色身影。它愈來愈小，愈來愈小，終於消失了。於是，我喝了一口摻水薄荷酒，尋思著他去那邊做什麼。他去赴哪個約會呢？

德妮絲經常遲到，她有工作。現在，這個沿林蔭大道愈走愈遠的白色身影，令我想起了一切。她在拉博埃西街[註]一家婦女時裝店工作，經營者是位金髮、體型修長的傢伙，後來大家常常議論他，當時他剛開業。我記得他的名字：雅克，如果我有耐心，一定會在于特辦公室的舊版《社交名冊》中找到他的姓名……

她來這家咖啡館露天座找我時，夜幕已降臨，我並不介意，那杯摻水薄荷酒讓我可以坐上很久。我寧可在露天座，也不願在德妮絲那套小房間裡等待。他和往常一樣穿過林蔭大道。他的西裝彷似散發著磷光。有天晚上，德妮絲和他在堤防樹下交談了幾句。這套白得耀眼的西裝，這張獒犬般褐色的臉孔，電火般綠色的樹葉，有一股超現實的夏日情調。

我和德妮絲朝著與他相反的方向，沿著庫塞爾林蔭大道[註]漫步。這時的巴黎如同斯庫菲發出磷光的西裝一樣，帶著超現實的夏日情調。我們在夜色中游來蕩去，經過蒙索公園[註]柵欄前時，空氣中彌漫著女貞樹的香氣。車輛極少。紅綠燈白白地點亮，兩種顏色交替發出的信號與棕櫚葉的搖擺一樣柔和。一樣有規律。

幾乎在奧什大街盡頭，左邊，不到星形廣場，原屬於巴席爾·札哈羅夫爵士的公館二樓上，大窗戶一直亮著。後來——也許在同一時期——我常常登上這座公館的二樓：一些辦公室，辦公室裡總有很多人。一群群人在交談，另一些人在興奮地打電話。你來我往，人流不斷。這些人連大衣也不脫。為什麼過去的某些事像照片一樣準確地浮現眼前呢？

我們在雨果大街那邊的一家巴斯克餐館吃晚飯。昨晚，我試圖找到它，但沒有成功，儘管我在整個街區找了一遍。它位於兩條十分靜謐的街口拐角，餐館前有露天座，擺放著幾大盆青翠的草木，掛著紅綠二色的大篷簾。人很多。我聽見嗡嗡的交談聲，酒杯的叮噹聲；我看到餐館內桃花心木的酒吧台，上方一幅長形壁畫描繪銀色海岸的景色。我還記得某些人的面孔。金黃頭髮、高挑個兒的傢伙，德妮絲在他位於拉博埃西街的店裡工作，他來到我們桌邊小坐片刻。一位留唇髭、棕色頭髮的男人，一位棕紅色頭髮的女子，另外一位頭髮金黃捲曲、笑個不停的男人，可惜我無法給這些臉孔合上名字……一名禿頭的酒吧侍者調製只有他知道訣竅的雞尾酒。只要重新找到雞尾酒的名字——它也是餐館的名字——就能喚起其他的回憶，但要用什麼辦法呢？昨晚，我走遍了這些街道，我知道它們和從前一模一樣，但我認不出來了。一棟棟樓房沒有改變，人行道的寬度也沒有改變，但當年的燈光不一樣，空氣中飄蕩著別的東西……

我們從同一條路回來。我們常去看電影，就在那個街區的某間放映廳，在勒維廣場上找到了：皇家維利耶電影院。我想是廣場使我認出那個地點，還有長椅、海報柱和樹木，絕非電影院的外觀。

倘若我記得我們看過的電影，就能準確地確定年代，但是這些影片只給我留下一些模糊的圖像：一架雪橇在雪中滑行。一名身穿無尾長禮服的男子走進大型客輪的船艙，一扇落地窗後有些翩翩起舞的身影……

我們重返羅馬路。昨晚，我沿這條街一直走到九十七號，看到柵欄、鐵道和鐵道另一側的「迪博奈」廣告，我相信我的焦慮感和當年是一模一樣的。廣告占了一幢樓的整整一面牆，肯定從那時開始就褪了顏色。

在九十九號，芝加哥旅館已經不叫芝加哥旅館，但接待處的人誰也無法告訴我它何時改了名字。這事毫不重要……

九十七號是幢寬大的樓房。倘若斯庫菲住六樓，德妮絲的套房就在下面一層，在五樓。是樓的左側還是右側？照樓房正面來看至少每層有十二扇窗戶，所以每層大概有兩三間套房。我久久注視著樓房正面，希望認出一個陽臺，一扇窗的形狀或護窗板。不，我什麼也想不起來。

樓梯亦如此。扶手不是我記憶中的閃閃發亮的黃銅扶手。套房的門也不是深色木門。定時燈的燈光尤其沒有那層輕紗似的薄霧，斯庫菲那張神秘的、獒犬似的嘴臉便是從這輕紗中露出來的。沒有必要詢問女門房。她會起疑，再說門房換了人，正如事事都改變了一樣。

斯庫菲被人暗殺時，德妮絲還住在這裡嗎？如果我們住在下一層，這樣的慘事本該留下一些痕跡。但它在我的記憶中沒有留下任何印象。德妮絲大概沒有在羅馬路九十七號住很久，也許僅有幾個月。當時我和她住在一起嗎？抑或我在巴黎還有別的住處？

記得有一夜我們很晚回來。斯庫菲坐在樓梯上，兩手交叉在手杖的圓頭上，下巴靠著雙手。他的神情沮喪到極點，獒犬似的眼神充滿憂傷。我們在他面前停下來。他沒有看見我們。我們本想和他講幾句話，幫他上樓回房間，可是他不爲所動，活像一尊蠟像。定時燈的光滅了，只剩下他西裝上點點閃閃的磷光。

這一切，大約發生在我和德妮絲相識之初。

●巴蒂尼奧爾林蔭大道，Boulevard des Batignolles，在克利希廣場到馬勒塞爾布大道之間，分隔巴黎第八區和第十七區。

●克利希廣場 place Clichy，位於巴黎四區交界。本章描寫主角和德妮絲相識之初，以蒙索公園和羅馬路爲界，向左到星形廣場，向右到克利希廣場，基本上都集中在第八區內幾條大道上的生活樣貌。

- 拉博埃西街，Rue La Boétie，位在巴黎第八區，鄰近香榭麗舍大道。
- 庫塞爾林蔭大道，Boulevard de Courcelles，一條連通大道，奇數面在第八區，偶數面在十七區，沿著蒙索公園兩側種滿梧桐樹。
- 蒙索公園，Parc Monceau，一八三〇年代建立，巴黎市中心少見的英式園林，占地十二公頃，周邊圍繞奢華飯店，畫家莫內及作家普魯斯特都讚譽的知名景點。

25

我關掉電燈，但沒有離開于特的辦公室，在黑暗中呆了幾秒鐘。然後，我打開燈，又把它關上。我第三次開燈再關燈。這喚醒了我心中的某件事：我看見自己在我無法確定的一個時期關了一個房間的燈，這房間和于特的辦公室一樣大。而這個動作，我每晚在同一個時刻重複它。

尼耶爾林蔭大道的路燈照亮了于特的木製辦公桌和扶手椅。當年，我關上電燈後，也曾一動不動地呆立好幾秒鐘，彷彿害怕出去。最裡面靠牆處有一只書櫃，灰大理石壁爐上方有面鏡子，一張寫字臺有許多抽屜，靠窗處放了一張長沙發，我常躺在上面看書。窗戶開向一條寧靜的、樹影婆娑的街。

這是一座小公館，是南美某國公使館的所在地。我不記得自己以什麼名義在這個公使館裡佔用一間辦公室。我很少見到的一個男人和一個女人在我隔壁的辦公室裡，我聽見他們在打字。

我需要接待的人寥寥無幾，他們要求我發給他們簽證。當我在瓦爾布勒斯的園丁送給我的餅乾盒裡搜尋，仔細審視多明尼加共和國的護照和登記照片時，驀然回想起來。我是替這間辦公室的某個人工作。一位領事？一位代辦？我沒忘記我曾打電話向這人請示。他是誰呢？

首先，公使館在哪兒？我花了好幾天時間走遍第十六區，因爲我記憶中樹影婆娑的寧靜街道和這個街區的街道相似。我好像一名占卜地下水源的人，窺伺著手中的擺錘有無任何微小的擺動。我守候在每個街頭，希望樹木、樓房能使我心頭一震。在莫利托爾街[註]和米拉波街[註]的十字路口，我感覺到了，忽然之間，我確信每天晚上走出公使館的時候，自己就在這個十字路口附近。

天黑了。我走過通向樓梯的走廊，聽見打字的聲音，我把頭伸進微啓的門。那男人已經走了，她獨自坐在打字機前。我向她告別。她停止打字，轉過身來。一位漂亮的棕髮女子，我還記得她那張帶有熱帶地區特徵的臉。她對我講了幾句西班牙文，沖我嫣然一笑，又繼續工作。我在衣帽間停留片刻，終於下決心出去了。

我敢肯定我走的是米拉波街，它筆直，昏暗，空寂無人，我加快步子，擔心引人注意，因爲我是唯一的步行者。在廣場上，凡爾賽大街的十字路口，有家咖啡館還亮著燈。

有時我也朝反方向走，穿過奧特依的寂靜街道越走越遠。在那兒，我感到安全。終於我走上米耶特堤道[註]。我記得埃米爾—奧吉埃林蔭大道[註]的高樓大廈，以及朝右拐進的一條街。底層，有扇窗戶總亮著燈，窗玻璃和牙醫診所一樣不透明。德妮絲在稍遠處一家俄國餐館裡等我。

我經常列舉酒吧間或餐館的名字，但倘若當時沒有一塊街牌或燈光招牌，我怎能辨別方向呢？

餐廳後有座帶圍牆的花園，透過一個窗洞可以瞥見掛著紅絲絨打褶帷幔的內廳。我們在花園的一張桌前坐下，天還亮著。有個人在演奏齊特拉琴。這件樂器的聲調，花園的暮色，大概從鄰近樹林中飄來的樹葉的清香，這一切爲這一時辰增添了神秘的氣氛和傷感的情調。

我試圖找到那家俄國餐館。徒勞無益。米拉波街沒有變化。有些晚上，我在公使館加班得較晚，我便走凡爾賽大街。我本可以乘地鐵，但我寧願在露天行走。帕西碼頭[註]。比拉凱姆橋。然後是紐約大街，那一晚我曾陪瓦爾多·布朗特走這條大街，現在我明白當時我爲何心裡發緊了。我不知不覺踩上了原先的腳印。我在紐約大街上走過多少遍？……阿爾瑪廣場，第一塊綠洲。然後是王后大道[註]的樹木和清涼。穿過協和廣場後，我幾乎抵達目的地。王家街。朝右拐，聖奧諾雷街[註]。朝左拐，康邦街。

康邦街上沒有燈，一個櫥窗折射出淡紫色的光。人行道上響著我的腳步聲。我踽踽獨行。我又害怕了。每次我走上米拉波街便感到害怕，怕被人注意，怕被抓住，怕有人要我出示證件。離目的地只有數十米，這將多麼遺憾。千萬不能跑。我邁著有規律的步子一直走到頭。

卡斯蒂耶旅館。我跨進門。接待處沒有人。我走進小客廳喘口氣，擦乾額頭上的汗。這一夜我又逃脫了危險。她在樓上等我。她是唯一等我的人，是這座城市裡唯一擔心我失蹤的人。

一個淡綠色牆壁的房間。紅窗簾已拉上。床左邊的床頭燈亮著。我聞到她身上的香水味，一股胡椒的氣味，我只看見她皮膚上的雀斑，和右臂上方的一顆黑痣。

- 莫利托爾街，Rue Molitor，位在巴黎第十六區。
- 米拉波街，Rue Mirabeau，位在巴黎第十六區。
- 米耶特堤道 la Chaussée de la Muette，位在巴黎第十六區。
- 埃米爾—奧吉埃林蔭大道 Boulevard Emile-Augier，位在巴黎第十六區。
- 帕西碼頭 Quai de Passy，位在巴黎第十六區，塞納河右岸。
- 王后大道，Cours-la-Reine，沿著塞納河畔，巴黎歷史最久的公園和花園大道。
- 聖奧諾雷街 Rue Saint-Honoré，位在巴黎第一區的古老街道，靠近杜樂麗花園。

26

晚間七時左右，他和兒子從海灘歸來，這是一天中他最喜愛的時刻。

他牽著孩子的手，或者任由他跑在前面。

大街空寂無人，幾縷斜陽滯留在人行道上。他們順著拱廊走。孩子每次都在阿斯特里德王后糖果店前停下來。他注視著書店的櫥窗。

那天晚上，櫥窗裡有本書引起了他的注意。石榴紅字母組成的書名中有『卡斯蒂耶』這個詞。當時他正牽著兒子的手在連拱廊下走，兒子開心地跳過太陽射在人行道上的一條條光線，『卡斯蒂耶』這個詞兒使他回想起巴黎聖奧諾雷城關附近的一家旅館。

某天，有個人約他在卡斯蒂耶旅館見面。他在奧什大街的辦公室裡，在那些低聲談生意的古怪的人們中間碰到過他。這人向他兜售一枚首飾別針和一對鑽石手鐲，因爲他想離開法國。這人把裝在一隻小皮手提箱裡的珠寶交給他，兩人商定次日晚上在這人下榻的卡斯蒂耶旅館裡會面。

他眼前浮現出旅館的接待處，旁邊的小吧台和牆上安裝用格子架起的花圃。門房打電話通知他來了，然後把房間號碼告訴他。

這人躺在床上，嘴裡叼著煙捲。他不把煙吞下，神經質地吐出一個接一個的煙圈。一個身材高大的棕髮男子，在奧什大街自稱是「南美某國公使館前商務專員」。他只講了自己的名字：佩德羅。

這位名叫『佩德羅』的人起身坐在床沿上，沖他靦腆地笑了笑。他不知爲什麼，雖然不認識這位『佩德羅』，卻對他產生了好感。他覺得這個人在這間旅館的房間裡遭到了囚禁。他立即遞給他一個裝著錢的信封。頭天他賣出了首飾，並且大賺了一筆。「拿著，」他對他說，「我給你額外加五成的利潤。」佩德羅向他表示感謝，把信封放進床頭櫃的抽屜。

這時，他注意到床對面衣櫥的門半開著。衣架上掛著幾件連衣裙和一件毛皮大衣。『佩德羅』原來和一位女子共同生活。他再次想到他們的處境，這位女子和這位『佩德羅』一定處境不佳。

『佩德羅』依舊躺在床上，又點燃了一支煙。這人覺得放心了，因為他說：

「我越來越不敢上街了……」

他甚至補充了一句：

「有些日子太害怕了，就只好待在床上……」

經過如此漫長的時間，他耳畔仍響著『佩德羅』用低沉的嗓音講的這兩句話。他不知道如何回答，只好用籠統的話來應付，比方說：「這年頭眞古怪。」

這時，佩德羅突然對他說：

「我想我找到了離開法國的辦法……有錢好辦事……」

他記得極細小的雪花——幾乎是雨點——在窗玻璃外面紛飛。此間落下的雪，外面的夜色，房間的逼仄，使他感到氣悶。難道還有逃的可能，哪怕帶著錢？

「是的，」佩德羅喃喃地說，「我有辦法去葡萄牙……途經瑞士……」

『葡萄牙』這個詞立即使他聯想到碧綠的海水、陽光、在遮陽傘下用麥管吸的橙色飲料。「如果有一天，」他心想，「我和這位『佩德羅』在夏天，在里斯本或伊斯托里爾[註]的一家咖啡館裡重新聚首呢？」他們會懶洋洋地擠壓汽水瓶的噴嘴……他們會覺得它多麼遙遠啊，卡斯蒂耶旅館的小房間，還有白雪、黑暗、陰森可怖的這年冬季的巴黎，以及爲擺脫困境不得不做的交易……他離開房間時對這位『佩德羅』說：「祝你好運。」

這位『佩德羅』現在怎樣了?他希望很久以前只見過兩次面的這個人，在夏日夜晚和他一樣安寧和幸福，牽著一個跨過人行道上最後一灘一灘陽光的孩子。

●伊斯托里爾，Estoriori1，葡萄牙中西部卡什凱什市的著名旅遊勝地，距首都里斯本25公里，瀕臨大西洋卡什凱什灣。

27

親愛的居依，謝謝你的來信。我在尼斯非常幸福。我找到了祖母常帶我去的隆尚街的老俄羅斯教堂。當年我目睹瑞典國王居斯塔夫打網球，產生了以此爲職業的志向……在尼斯，每個街角都喚起我對童年的回憶。

在我提到的俄羅斯教堂裡，有間屋子四周擺滿玻璃門書櫥。房間中央有張撞球檯似的大桌子和幾把舊扶手椅。祖母每星期三來這裡做針線活兒，我總陪著她。

書籍是十九世紀末年出版的，這個房間也保留了當年閱覽室的氣氛。我在這裡度過好幾小時，閱讀有點淡忘了的俄語。

沿教堂有座濃蔭匝地的花園，種著高大的棕櫚樹和桉樹。在這些熱帶的植物中間，高聳著一株銀白色樹幹的樺樹。我猜想人們把它種在此地，是要我們想起遙遠的俄羅斯。

親愛的居依，我是不是該對你講實話，我已申請當圖書管理員？如果順利，如我希望的那樣，我將非常高興在我兒時生活過的一個地點歡迎你。

歷經滄桑之後（我沒敢告訴神父我幹過私家偵探），我又回到了源頭。

你說得對，在生活中重要的不是未來，而是過去。

至於你問我的事，我想最好的辦法是詢問「保護家庭辦事處」。因此我剛寫信給德．斯維爾特，我認爲他最有資格回答你的問題。他會迅速把資料郵寄給你。

你的于特

補充：關於我們一直沒能查明身份的那個『奧列格．德．雷狄』，我要向你宣佈一個好消息：你將在下次郵件中收到一封向你報告最新情況的信。我想『雷狄』聽起來像俄語或波羅的海沿岸國家的語言，因此我帶著碰碰運氣的心理問了尼斯當地幾位俄國來的老僑民。碰巧我遇到了一位卡昂夫人，這個姓氏喚起她一些回憶。不快的回憶，她寧可把它們從記憶中抹掉，但她答應我將寫信給你，把她知道的一切告訴你。

28

調查對象：德妮絲·依薇特·庫德勒斯。

出生地點和日期：巴黎，一九一七年十二月二十一日。父：保爾·庫德勒斯，母：昂莉葉特，娘家姓鮑加埃爾。

國籍：法國。

一九三九年四月三日在第十七區區政府與一九一二年九月三十日生於塞薩洛尼基（希臘）的希臘籍吉米·佩德羅·斯特恩結婚。

庫德勒斯小姐先後居住在：

奧斯特里茲濱河路九號，巴黎（第十三區）；

羅馬路九十七號，巴黎（第十七區）；

康邦街卡斯蒂耶旅館，巴黎（第八區）；

康巴塞雷斯街十號乙，巴黎（第八區）。

庫德勒斯小姐化名『繆特』，爲雜誌拍時裝照片。

接著在拉博埃西街三十二號J・F・婦女時裝店當模特兒；後與荷蘭人凡・艾倫合夥經營後者於一九四一年四月在巴黎歌劇院廣場六號（第九區）開辦的女式服裝店。該店經營時間不長，於一九四五年一月關閉。

庫德勒斯小姐于一九四三年二月企圖偷越法瑞邊境時失蹤。在默熱弗（上薩瓦省）和阿納瑪斯（上薩瓦省）進行的調查無任何結果。

29

調查對象：吉米・佩德羅・斯特恩。

出生地點和日期：塞薩洛尼基（希臘），一九一二年九月三十日。父：喬治・斯特恩，母：吉烏維婭・薩拉諾。

國籍：希臘。

一九三九年四月三日在第十七區區政府與法籍女子德妮絲・依薇特・庫德勒斯結婚。

斯特恩先生在法住址不詳。

一九三九年二月的一張卡片表明，有位吉米・佩德羅・斯特恩先生當時住在巴黎第八區，巴雅爾街二十四號林肯旅館。

這也是在第十七區區政府簽發的結婚證上的住址。

林肯旅館已不存在。

林肯旅館的卡片上有下列說明：

姓名：佩德羅·吉米·斯特恩。

位址：暗店街二號，羅馬（義大利）。

職業：經紀人。

吉米·斯特恩先生於一九四〇年失蹤。

30

調查對象：佩德羅．麥艾維。

警察局和情報局很難搜集到有關佩德羅．麥艾維先生的資料。

有人向我們報告，一位名叫佩德羅．麥艾維的先生，多明尼加國民，在該國駐巴黎公使館工作，一九四〇年十二月住在（上塞納省）納依鎮内于連—波坦街九號。

此後便下落不明。

根據各種可能，佩德羅．麥艾維先生於二戰後離開了法國。

也可能這是一個使用了化名和假證件的人，這種情況在當年司空見慣。

31

這天是德妮絲的生日。一個冬季的夜晚，巴黎紛紛揚揚的雪化成了泥濘。人們湧進地鐵入口或疾步行走。聖奧諾雷城關的櫥窗燈火通明。聖誕節近了。

我走進一家珠寶店，珠寶商的面孔又浮現在我眼前。他蓄一把鬍子，戴著鏡片略帶顏色的眼鏡。我給德妮絲買了一枚戒指。離開商店時，雪仍在下。我擔心德妮絲不來赴約，我第一次想到，在這座城市裡，在這些急匆匆趕路的人影中間，我們倆有可能再也見不著面。

我記不得這天晚上自己名叫吉米還是佩德羅，斯特恩抑或麥艾維。

32

瓦爾帕萊索[註]。她站在有軌電車的後半部，靠近車窗，乘客很多，她夾在一位戴墨鏡的男子和一位棕髮女子中間，女子的臉活像木乃伊，毫無生氣，身上有股堇菜的香氣。

不久，他們幾乎全在埃肖朗站下車，她就可以坐下了。她每週只來瓦爾帕萊索購物兩次，因爲她住在上城，塞羅·阿萊格爾區[註]。她在那裡租了房子辦舞蹈學校。

五年前，她踝骨骨折，當她得知再也不能跳舞時便離開了巴黎，對此她並不後悔。她決定遠走高飛，斬斷繫住她過去生活的繮繩。爲什麼來到瓦爾帕萊索呢？因爲她認識這兒的一個人，前庫埃瓦芭蕾舞團演員。

她不打算再回歐洲。她將留在上城授課，最終會忘記掛在牆上的，當年在巴西爾上校劇團時拍的那些舊照片。

她極少想到出事以前的生活。她腦子裡一片混亂，把人名、日期和地點攪在一起。然而，每週兩次，在同一時刻和同一地點，她總回想起一件事，一個比其他回憶更清晰的回憶。

這就是有軌電車如同今晚在艾拉蘇里斯大街下端停下的時刻。這條綠樹成蔭、坡度平緩的大街使她想起兒時住過的朱依昂約薩街。她眼前浮現出居澤納大夫街拐角處的那幢房子，那株垂柳，白柵欄門，對面的耶穌教禮拜堂，以及街尾的羅賓漢旅店。她記得有個不同尋常的禮拜天：她的教母來接她了。

她對這個女人一無所知，只知道她叫德妮絲。她有輛車篷可折疊收起的汽車。這個星期天，有位棕髮男子陪著她。他們三人一起去吃霜淇淋，一起划了船，晚上離開凡爾賽送她回朱依昂約薩街時，他們在一個市集前停下，她和教母德妮絲上了一輛碰碰車，棕髮男子看著她們玩。

她眞想多知道一些底細。他們確切的名字是什麼？他們在哪兒生活？這些年在做什麼？她思考著這些問題，而有軌電車正沿著艾拉蘇里斯大街朝塞羅·阿萊格爾區爬去。

- 瓦爾帕萊索，Valparaiso，位在智利中部，是首都也是國會所在地，西班牙語意指「天堂谷地」。
- 塞羅．阿萊格爾區 Quartier Cerro Alegre，此處在智利首都瓦爾帕萊索境內的山丘上，名稱意指美麗的花園，多是講英語的移民組成的高級住宅區。

33

這天晚上，我坐在于特帶我去過的那家酒吧兼食品雜貨鋪子裡面，它位於尼耶爾林蔭大道，正對事務所。一個吧台，貨架上有些外來貨：茶葉、阿拉伯香甜糕點、玫瑰醬、波羅的海鯡魚。經常光顧此地的是一些退休的賽馬騎師，他們在一起回憶往事，傳看折了角的照片，照片上的馬則早就被肢解了。

吧台邊有兩個男人在低聲交談。其中一位穿件枯葉色的大衣，幾乎長及腳踝。他身材矮小，和大多數顧客一樣。他轉過身來，大概想看看大門上方掛鐘的鐘面，他的視線落在了我的身上。他的臉色變得十分蒼白。他張著嘴，瞪大了眼睛注視著我。

他蹙起眉頭，慢慢走近我。他在我的桌前停了下來。

「佩德羅……」

他摸了摸我上衣的料子，在二頭肌部位。

「佩德羅，是你嗎？」

我遲疑著沒有回答。他看上去有點狼狽。

「對不起，」他說，「你不是佩德羅．麥艾維？」

「是我，」我突然回答他道，「怎麼了？」

「佩德羅，你……你認不出我了？」

「不。」

他在我對面坐下。

「佩德羅……我是……安德列．懷爾德默……」

他激動萬分，抓住我的手。

「安德列．懷爾德默……賽馬騎師……你不記得我了嗎？」

「請原諒，」我對他說，「有些事我記不起來了。我們是什麼時候認識的？」

「你應該很清楚……和佛萊迪……」

這個名字使我像觸了電一樣。賽馬騎師。瓦爾布勒斯過去的園丁和我談起過一位賽馬騎師。

「說來很怪，」我對他說，「有人向我提到過您……在瓦爾布勒斯……」

他兩眼濕潤了。是酒精的作用？還是激動使然？

「可是，哦，佩德羅……你不記得我們和佛萊迪一道去瓦爾布勒斯嗎？」

「記不清了。正是瓦爾布勒斯的園丁和我談起……」

「佩德羅……這麼說，你還活著？」

他緊緊握住我的手，把我弄痛了。

「是的。怎麼了？」

「你……你在巴黎？」

「對。怎麼了？」

他望著我，驚詫莫名。他難以相信我還活著。究竟發生了什麼事？我很想知道，但他似乎不敢正面觸及這個問題。

「我……我住在吉維尼註……瓦茲河畔，」他對我說，「我……我難得到巴黎來……佩德羅，你想喝點什麼嗎？」

「一杯瑪麗白莎香甜酒。」我說。

「好吧，我也一樣。」

他親自慢慢地把利口酒倒進我們的杯子裡。我覺得他想爭取時間。

「佩德羅……出了什麼事？」

「何時？」

他把酒一飲而盡。

「你和德妮絲企圖穿越瑞士邊境的時候……」

我能回答他什麼呢？

「我們從此就沒有你們的消息。佛萊迪十分擔心……」

他又斟滿了他的酒杯。

「我們以爲你們在大雪中迷了路……」

「其實你們大可不必擔心。」我對他說。

「德妮絲呢？」

我聳了聳肩膀。

「您還記得德妮絲？」我問道。

「畢竟，佩德羅，當然囉……首先你為什麼用您稱呼我呢？」

「對不起，老兄，」我說，「近來不大好。我很努力回想那段日子……但腦中一片空白……」

「我理解。這一切，是遙遠的往事了……你記得佛萊迪的婚禮嗎？」

他面帶微笑。

「記不得了。」

「在尼斯……他和蓋兒結婚了……」

「蓋兒．奧爾洛夫？」

「當然，蓋兒．奧爾洛夫……除了她，他能和誰結婚呀？」

這樁婚事沒有使我想起多少事情，他看上去很不高興。

「在尼斯……在俄羅斯教堂……宗教婚禮……不是公證結婚……」

「哪座俄羅斯教堂……？」

「一個帶花園的小俄羅斯教堂……」

于特在信中給我描繪過的那一座？有時會有神秘的巧合。

「當然啦，」我對他說，「當然……隆尚街的小俄羅斯教堂，有花園，還有教區圖書館……」

「這麼說，你想起來了？我們是四位證婚人……我們在佛萊迪和蓋兒的頭頂上方舉著花冠……」

「四位證婚人？」

「是呀……你，我，蓋兒的外祖父……」

「老喬吉亞澤？……」

「正是……喬吉亞澤……」

我陪著蓋兒．奧爾洛夫以及老喬吉亞澤照的那張相片一定是在這個場合拍攝的。我一會兒拿給他看。

「第四位證人，是你的朋友魯比羅薩……」

「誰？」

「你的朋友魯比羅薩……波菲里歐……多明尼加外交官……」

想起這位波菲里歐．魯比羅薩，他笑了。一位多明尼加外交官。或許是因爲他我才會在該國公使館工作。

「後來我們去了老喬吉亞澤家……」

我眼前看到將近正午時分在尼斯大街上走著的我們，街邊種了法國梧桐樹。那天有太陽。

「德妮絲也在嗎？」

他聳了聳肩膀。

「當然……你的確什麼也想不起來了……」

我們邁著懶洋洋的步子走著，一共七個人：賽馬騎師、德妮絲、我、蓋兒・奧爾洛夫、佛萊迪、魯比羅薩和老喬吉亞澤。我們穿著白西裝。

「那時喬吉亞澤住在阿爾薩斯—洛林花園邊上的樓房裡。」

參天的棕櫚樹。玩滑梯的孩子們。樓房白色的正面和橙色的布遮簾。我們在樓梯上的笑聲。

「晚上，爲了慶祝婚禮，你的朋友魯比羅薩帶我們去羅克樂園吃飯……行了吧？你想起來了嗎？」

他喘著粗氣，彷彿剛才用了很大的力氣。由於追憶了佛萊迪和蓋兒・奧爾洛夫舉行宗教婚禮的這一天，陽光燦爛、無憂無慮的一天，他似乎精疲力竭了。這一天肯定是我們青年時代最幸福的時刻之一。

「總之，」我對他說，「你和我，我們早已認識了……」

「是的。但我先認識了佛萊迪……因爲我是他祖父的賽馬騎師……可惜時間不長……老人失去了一切……」

「蓋兒·奧爾洛夫……你知道……」

「是的，我知道……那時我和她住得很近……阿利斯康廣場……」

高大的樓房，憑窗眺望，蓋兒·奧爾洛夫一定能看到奧特伊賽馬場的美景。她的第一任丈夫瓦爾多·布朗特對我說過，她害怕衰老，所以自殺了。我猜想她經常倚窗觀看賽馬。每一天，一個下午好幾次，十來匹馬騰空而起，沿著跑馬場飛奔，在障礙物上撞得皮開肉綻。那些跨過障礙物的馬，在幾個月中間還能見到，後來也和其它的馬一樣消失了。必須不斷地增補新馬，陸續更換。同樣的奔騰每次都以力盡氣衰告終。這樣的場面只能使人傷感和洩氣。或許正因爲蓋兒，奧爾洛夫住在跑馬場邊上她才……我想問問安德列·懷爾德默對此作何感想。他應該理解。他是賽馬騎師。

「眞叫人痛心，」他對我說，「蓋兒是位標緻的女孩……」

他俯下身，他的臉湊近我的臉。他的皮膚發紅，有麻子，長著一雙栗色的眼睛。一道疤痕劃過右頰，直到下巴。褐色的頭髮，只在前額上方有一綹不平順的白髮。

「你呢，佩德羅……」

但我沒有讓他把話說完。

「你認識我是我住在于連—波坦街的時候吧？」我隨口說道，因爲我記住了列在『佩德羅．麥艾維』卡片上的位址。

「當你住在魯比羅薩家的時候？……當然啦……」

又是這位魯比羅薩。

「我們常和佛萊迪一道來……每天晚上縱樂狂飲……」

他放聲大笑。

「你的朋友魯比羅薩請來了樂隊……一直到清晨六時……你記得他總爲我們彈奏的兩首吉他曲嗎？」

「不記得……」

「《鐘錶曲》和《你上前擁抱我》。尤其是《你上前擁抱我》……」

他輕輕地用口哨吹出這首曲子的幾小節。

「怎麼樣？」

「對……對……我記起來了。」我說。

「你給我弄了一本多明尼加的護照……它沒派上多大的用場……」

「你來公使館看過我？」我問道。

「對。那時你把多明尼加的護照給了我。」

「我從來沒弄明白我在這個公使館是幹什麼的。」

「這個我不知道……有一天你告訴我你算是魯比羅薩的秘書，這對你是個好差使……魯比那次出了車禍死了，我覺得眞慘……」

是呵，是很慘。又有一個見證人我無法詢問了。

「告訴我，佩德羅……你的眞名是什麼？我對此一直很好奇。佛萊迪對我說你不叫佩德羅．麥艾維……是魯比給你提供了假證件……」

「我的眞名？我倒想知道哩。」

我含笑而答，讓他以爲這是句玩笑話。

「佛萊迪他知道，因爲你們是上中學時認識的……你在『路易莎中學』的那些淘氣事我都聽膩了……」

「什麼中學？」

「路易莎中學……你很清楚……別裝傻……有一天你父親開車來接你們倆……他讓還沒有駕照的佛萊迪開汽車……這件事，你講了至少一百遍……」

他搖了搖頭。這麼說，我有個父親，他到路易莎中學來接我。有趣的細節。

「你呢？」我對他說，「你一直幹賽馬這一行嗎？」

「我在吉維尼的一個騎馬場找到了騎術教師的職位……」

他的語調嚴肅，給我印象很深。

「你很清楚，自從我出了事，境況急轉直下……」

什麼事故？我不敢問他……

「我陪你們去默熱弗時，你，德妮絲，佛萊迪和蓋兒，情況已不太妙了……我失去了教練的位子……他們膽怯了，因爲我是英國人……他們只想要法國人……」

英國人？是的。他講話略帶口音，但我一直沒有注意到。當他說出『默熱弗』這個地名時，我的心跳加快了。

「一個怪念頭，是不是，默熱弗之行？」我大著膽子說。

「爲什麼是怪念頭？我們沒有別的辦法……」

「你這麼想嗎？」

「這是一個安全的地點……巴黎變得太危險了……」

「你眞這麼想？」

「畢竟，佩德羅，你回想一下……那時檢查越來越頻繁……我是英國人……佛萊迪有本英國護照……」

「英國人？」

「是呀……佛萊迪家是模里西斯島人……你呢，你的境況也不怎麼樣……我們持有的多明尼加假護照再也不能保護我們……你回想一下，連你的朋友魯比羅薩……」

我沒有聽見下半句話。我想他失聲了。

他喝了一口利口酒，這時走進來四個人，一些常客，原先都當過賽馬騎師。我認出了他們，我過去常聽他們交談。其中一位總穿一條舊馬褲和一件多處沾有汙跡的麂皮上衣。他們拍了拍懷爾德默的肩膀，幾個人同時講話，放聲大笑，弄出很大的聲響。懷爾德默並沒有把他們介紹給我。

他們坐在吧台邊的高腳圓凳上，繼續高聲交談著。

「佩德羅……」

懷爾德默朝我俯下身來，他的臉離我的只有幾釐米遠。他一臉怪相，彷彿要做出巨大的努力講幾句話。

「佩德羅……你和德妮絲試圖穿過邊境時出了什麼事……」

「我記不得了。」我對他說。

他目不轉睛地盯著我。他有點喝醉了。

「佩德羅……你們動身前，我告訴過你必須提防那個傢伙……」

「哪個傢伙？」

「想讓你們去瑞士的那個傢伙……有張小白臉的俄國人……」

他滿臉通紅。他喝了一口利口酒。

「你回想一下……我對你說也不該聽另一個人的話……滑雪教練……」

「哪位滑雪教練？」

「應當幫你們偷渡國境的那位滑雪教練……你知道的……那個叫鮑勃什麼的……鮑勃·貝松……你們爲什麼走了呢……和我們在木屋別墅不是過得很好嗎……」

對他說什麼好呢？我搖了搖頭。他把自己那杯酒一飲而盡。

「他叫鮑勃·貝松？」我問他道。

「對。叫鮑勃·貝松……」

「那俄國人呢？」

他蹙起眉頭。

「記不得了……」

他的注意力放鬆了。他做了巨大的努力和我談論過去，現在結束了。正如一位精疲力竭的游泳者，在最後一次把頭伸出水面後，聽任自己緩緩沉入水底。在追憶往事中，我畢竟沒有幫他多大忙。

他起身走到其他人中間。他恢復了自己的習慣。我聽到他高聲評論下午在萬森舉行的一場賽馬。穿馬褲的人請大家喝了一杯酒。懷爾德默恢復了嗓門，他言辭那麼激切，情緒那樣高昂，連香煙都忘記點了，夾在雙唇之間。如果我站在他面前，他是不會認出我來的。

出去時我向他道別，沖他揮了揮手，但他沒有理睬我。他全神貫注于自己正在談的題目。

●吉維尼，Giverny，法國偏北瓦爾省內知名小鎮，此處因曾是印象派畫家克勞德·莫內的故居，加上美麗的莫內花園而聞名全球。

34

維希[註]。一輛美國車在和平旅館附近的泉水公園邊停下。車身上泥點斑斑。兩個男人和一個女人從車上下來，朝旅館入口處走去。兩個男人好像幾天沒刮鬍子，其中身材最高的那位用胳膊扶著那女子。旅館前有一排柳條椅，一些人坐在椅子裡睡覺，腦袋搖來晃去，七月烤人的太陽似乎並未妨礙他們。

在旅館大廳，他們三人要擠到接待處並不容易。他們必須避開扶手椅，甚至行軍床，椅子和行軍床上懶散地躺著另外一些人，有些穿著軍裝。人們五個一群，十個一夥，密密麻麻地擠在大廳盡頭的客廳裡，他們互相打著招呼，嘈雜的交談聲比外面濕熱的空氣更令你透不過氣來。他們終於到了接待處，身材高大的那個男人遞給守門人三本護照。兩本是多明尼加共和國駐巴黎公使館的護照，持有者的姓名一人為『波菲里歐·魯比羅薩』，另一人為『佩德羅・麥艾維』。第三本是名爲『德妮絲・依薇特・庫德勒斯』的法國護照。

守門人汗流滿面，汗珠淌到了下頦，他精疲力竭地把三本護照還給了他們。不，「照目前的情況看來，維希這地方完全沒有任何空的旅館房間了。倒還剩下兩張扶手椅，可以搬到水房裡，或放到底層的盥洗室裡……」周圍嘈雜的交談聲，電梯門金屬的碰擊聲，電話鈴聲，安裝在接待處上方的高音喇叭傳出的呼叫聲，蓋住了他的嗓音。

兩個男人和那女人邁著有些蹣跚的步子走出了旅館。天空驟然間布滿紫灰色的雲塊。他們穿過泉水公園。沿著草坪，在迴廊下，比旅館大堂更密集的人群堵塞了鋪著礫石的小徑。大家高聲交談著，有些人在人群間來往穿梭，還有些人三三兩兩坐在公園的長凳或鐵椅子上，然後再與其他人會合……人們好像呆在一所學校巨大的風雨操場上，焦急地等人打鈴，結束這騷動不安的場面。結果令你頭昏腦脹的嗡嗡聲，一分鐘比一分鐘地更大。鈴聲始終沒有響。

高個子的棕髮男子一直攙扶著那位女子，另一位男子脫下了上裝。他們走著，一路上被人擠來擠去。有些人四處亂跑，找尋一個人，或找尋離開片刻的一群人，但這群人立即散開，一個個被別的人群纏住了。

三個人來到王政復辟咖啡館的露天座前。這裡座無虛席，但有張桌上的五個人奇蹟般地剛起身離開。兩位男子和那位女子馬上跌坐在柳條椅裡，然後有些發呆地朝娛樂場那邊張望。

一股水汽彌漫了整個公園，如蓋的枝葉留住它，使它積聚不散。土耳其浴室的那種水汽。它灌滿你的喉嚨，最終使站在娛樂場前的人群變得模糊不清，壓低了他們的閒談聲，鄰桌有位老太太嚎啕大哭，一遍遍地說昂代[註]的邊境已被封鎖。

女人的頭在高個子棕髮男人的肩膀上搖晃著。她閉著眼睛，睡得像孩子一樣熟。兩個男人交換了一個微笑，然後又注視著娛樂場前的人群。

大雨驟然而至。季風轉換期的暴雨。它打透了法國梧桐和栗樹厚密的樹葉。那邊，人們擁擠著躲到娛樂場的玻璃天棚下避雨；這邊的人匆忙離開露天座，踩著彼此的腳走進咖啡館。

唯獨那兩個男人和那個女人沒有動，因爲他們桌上的大陽傘可以爲他們遮雨。那女人依然睡著，面頰靠著高個棕髮男子的肩頭，他直視前方，神情迷茫，他的同伴心不在焉地用口哨輕聲吹出《你上前擁抱我》的曲調。

• 維希，Vichy，位於法國中南部奧弗涅大區（Auvergne）阿列省（Allier）的城鎮。一九四〇到四四年間，它是二戰時期納粹德國扶植的傀儡政府的實際首都。

• 昂代，Hendaye，法國與西班牙邊境上的一個城市。

35

從窗口可以望見一大片草坪，草坪邊上有條碎石小路，它順著一道平緩的坡逐漸升高，一直通到我所在的那幢磚石結構的建築物前。這座建築物使我想起地中海濱那些白色的旅館。但當我拾級而上，我的視線落在入口處用銀色字母寫的幾個字上：『路易莎和阿爾巴尼中學』。

那邊，草坪盡頭，有個網球場。右側，有一排樺樹和一座水已抽乾的游泳池。跳臺坍了一半。

他來到我站立的窗口。

「是呀……先生，我很抱歉……中學的全部檔案都燒毀了……無一例外……」

一位年屆六十的男子，戴一副淺色玳瑁邊眼鏡，穿著粗花呢上衣。

「而且，不管怎樣，瓊史密特夫人不會同意……她丈夫死後，她再也不願聽到有關路易莎中學的事……」

「有沒有留下一些班級的舊照片？」我問他道。

「沒有，先生。我再說一遍，一切都毀了……」

「你在這兒工作了很長時間嗎？」

「路易莎中學的最後兩年。後來，我們的校長，瓊史密特先生死了……但當時的中學已經不是原來的樣子……」

他憑窗眺望，若有所思。

「作爲校友，我很想找到一些紀念物。」我對他說。

「我明白。可惜……」

「今後中學將怎麼辦？」

「呵，他們要拍賣一切。」

他無精打采地朝我們面前的草坪、網球場和游泳池揮了一下胳膊。

「你想最後一次看看宿舍和教室嗎？」

「不必了。」

他從上衣口袋裡掏出一隻煙斗，把他含在嘴裡。他沒有離開窗口。

「那是什麼，左邊的那棟木屋？」

「先生，那是衣帽間。體育課以前換衣服的地方……」

「呵，原來如此……」

他往煙斗裡裝煙絲。

「我什麼都忘了……那時我們穿制服嗎？」

「不，先生。只在進晚餐和外出的日子才必須穿海軍藍運動上衣。」

我走近窗戶，額頭幾乎貼在窗玻璃上。下面，在白色建築物前，有片鋪著礫石的空地，上面已鑽出野草。我眼前浮現出我和佛萊迪身穿運動上衣的身影。我努力想像著某個外出的日子來接我們的那個人的模樣，他會下車朝我們走來，而且那個人是我父親。

36

E・卡昂夫人
皮卡迪街二十二號
尼斯

應于特先生的請求，我寫信給你，把我知道的有關『奧列格・德・雷狄』這個人的一切告訴你，儘管我不願意回顧這段令人不快的往事。

有一天，我走進弗郎索瓦一世街的一家俄國餐館阿爾卡迪，它是一位俄國先生開的，但我記不起這位先生的名字了。餐館很普通，食客不多。經理站在俄式冷盤餐台前，他未老先衰，一臉愁容，神情痛苦——事情大約發生在一九三七年。

我發覺有個二十來歲的年輕人在餐館如同在自己家裡一樣。穿戴太講究，西裝，襯衫……無可挑剔。

他的外表給人強烈的印象：生龍活虎，一雙藍瓷似的眼睛帶有蒙古褶，笑靨粲然，嘻笑不停。在這後面，是動物般的狡猾。

他在我的鄰桌。我第二次來到此地時，他指著餐館經理對我說：

「你相信我是這位先生的兒子嗎？」對可憐的老人一副鄙夷的神氣，而這位老人的確是他的父親。

然後他給我看一只表明身份的手鐲，上面刻著名字：『路易·德·雷狄，蒙龐西埃伯爵』（在餐館裡，大家叫他『奧列格』，一個俄國名字）。我問他他的母親在哪裡，他告訴我她已去世；我又問他她是在哪兒遇到一位蒙龐西埃的（似乎這是奧爾良家族的小房）。他回答說在西伯利亞。這些全站不住腳。我明白了，他大概是靠男人和女人供養的一個小無賴。我問他的職業，他告訴我他彈鋼琴。

接著，他開始一一列舉他所有的社交關係，說于澤斯公爵夫人向他行屈膝禮，他與溫澤公爵打得火熱……我感到他講的話眞假參半。上流社會人士一定由於他的姓氏，他的微笑，以及他的既冷漠又實在的殷勤而上當。

戰爭期間——我想是一九四一至四二年，我正在朱昂勒潘海濱浴場時，看見這位奧列格·德·雷狄朝我跑來，和以往一樣精神煥發，喜愛哈哈大笑。他告訴我他曾經被俘，由一位德國高級軍官照管他。目前他在其戰時代母弗芙·亨利·迪韋爾努瓦夫人家過幾天。但是他說：「她是個吝嗇鬼，不給我錢。」

他向我宣佈他將返回巴黎，「與德國人一道工作。」我問他做什麼。「賣給他們汽車。」

我再也沒有見過他，不知他在做什麼。親愛的先生，以上便是我可以告訴你的有關此人的一切。

此致

敬禮

E·卡昂

一九六五年十一月二十二日於尼斯

37

現在，只須閉上眼睛，我們全體動身赴默熱弗前發生的事情的一些片斷便重現在我的記憶中。奧什大街上札哈羅夫公館照得通亮的大窗戶，懷爾德默前言不搭後語的話，那些姓名，比如鮮紅閃亮的『魯比[註]羅薩』，灰白的『奧列格·德·雷狄』，以及其他一些不可觸知的細節——甚至包括懷爾德默沙啞的、幾乎聽不見的嗓音——引導我走出迷宮的正是這些東西。

前一天傍晚，我正好待在奧什大街札哈羅夫公館的二樓。人很多。和往常一樣他們沒脫大衣。我脫了。我穿過正廳，看見裡面約有十五個人，一些站在電話機周圍，一些坐在皮椅上談生意。我溜進一間小辦公室，然後關上了門。我應當見的人已經在那兒了。他把我拉到房間一角，我們坐在兩張扶手椅裡，中間隔著一個矮桌。我把用報紙包好的金路易[註]放在桌上。他立即遞給我幾疊鈔票，我沒有數便塞在衣服口袋裡。我們一道離開辦公室和大廳，那裡人聲鼎沸，穿著大衣的人們來來往往，氣氛令人不安。在人行道上，他給了我有可能購買首飾的一位女子的位址，在瑪律澤爾布廣場那邊。他建議我告訴她是他介紹我來的。天上飄著雪花，但我決定步行去。起初，我和德妮絲常走這條路。天氣變了。下著雪，樹木光禿禿的，樓房正面一片漆黑，我幾乎認不出這條林蔭大道了。沿蒙索公園的柵欄走，再也聞不到女貞樹的清香，只有濕土和腐葉的氣味。

在被稱作花園廣場或別墅的某條死胡同，我們走向盡頭一棟樓的地下室。她接待我的房間裡沒有陳設。僅有供自己坐的一張沙發，和沙發上的電話機。女人四十歲左右，頭髮棕紅，有些神經質。電話鈴不停地響著，她並不一定去接，她接電話的時候，在一個小本上記下對方對她說的話。我把首飾拿給她看。我向她半價出讓首飾別針和鑽石手鐲，條件是她立即付給我現金。她接受了。

外面，當我朝庫塞爾地鐵站走去的時候，我想著幾個月前到卡斯蒂耶旅館我們房間裡來的那個年輕人。他很快出售了一塊藍寶石和兩枚首飾別針，親切地建議和我平分利潤。一位好心人。我向他透露了一點秘密，告訴他我們動身的計畫，甚至有時阻止我出門的恐懼。他對我說我們生活在一個古怪的時代。

後來，我去愛德華七世花園廣場一棟二層樓的那間房子裡找德妮絲，她的荷蘭朋友凡・艾倫在裡面開了一間女士服裝店，正巧在辛特拉樓上。我記得這個細節，因爲德妮絲和我常常光顧這間酒吧，它的廳堂設在地下室，可以不走正門，從另一扇門溜走。我想我認識巴黎所有有兩個出口的公共場所和樓房。

這間極小的女裝店裡一片忙亂，和奧什大街一樣，甚至氣氛更加熱烈。凡・艾倫正在準備夏季時裝，如此的努力，如此的樂觀令我驚異，因爲我懷疑是否還會有夏季。他正在一位棕髮姑娘身上試一件料子輕薄的白色連衣裙，其他的時裝模特兒在更衣室裡出出進進。有幾個人圍著一張路易十五式樣的寫字臺交談，上面亂放著幾張速寫，幾塊衣料。德妮絲在客廳一角與一位五十開外的金髮女子和一位棕色鬈髮的年輕人談話。我加入了他們的交談。她和他將前往蔚藍海岸。人聲嘈雜，誰也聽不見對方的話。有人送上一杯杯香檳酒，不大清楚爲了什麼。

我和德妮絲擠出一條路，來到衣帽間。凡・艾倫陪著我們。我眼前又浮現出他那雙十分明亮的眼睛和他的笑容，他把頭伸出門縫，向我們送了一個飛吻，並祝我們好運。

我和德妮絲最後一次去康巴塞雷斯街。我們已經打包好行李，一只手提箱和兩個皮旅行袋在客廳盡頭的大桌上等著。德妮絲關上百葉窗，拉好窗簾。她把縫紉機裝進盒裡，取下用大頭針別在人體模型上半身的白布。我想著我們在此度過的夜晚。德妮絲依照凡・艾倫給她的紙樣裁剪或者縫製衣服，我呢，我躺在長沙發上讀一部回憶錄或讀一本馬斯克叢書系列的偵探小說，她非常喜歡這類小說。這些夜晚是我享受暫時休息的唯一時刻，我可以幻想在寧靜的世界裡沒有麻煩地生活的唯一時刻。

我打開手提箱，把鼓鼓地塞在毛衣和襯衫口袋裡面、甚至一雙鞋的鞋底裡面的那幾疊鈔票塞進去。德妮絲在檢查旅行袋，看看是否沒有遺漏的東西。我沿走廊一直走到臥室。我沒有開燈，佇立在窗前。雪仍在下。在對面人行道上站崗的員警，站在冬季來臨幾天前剛設立的一個崗亭內。從索賽廣場註又來了一名員警，他疾步朝崗亭走去。他與同事握手，遞給他一個暖水瓶，兩人輪流用平底杯大口地喝著。

德妮絲進來了。她來到我站立的窗前。她穿著毛皮大衣，身子緊緊貼著我。她身上有股胡椒的香味。在皮大衣裡面她穿了件長袖襯衫。我們又躺到床上，如今床上只剩下床墊了。

里昂火車站，蓋兒·奧爾洛夫和佛萊迪在出站月臺入口處等我們。他們身旁的一輛行李車上堆放著他們為數不少的手提箱。蓋兒·奧爾洛夫有只衣櫥式旅行箱。佛萊迪正和搬運工講價錢，並請他抽支煙。德妮絲和蓋兒·奧爾洛夫同時講著話，德妮絲問她佛萊迪租的木屋別墅是否容得下我們所有人。火車站十分昏暗，唯獨他們所在的月臺沐浴在一片黃色的燈光中。懷爾德默來與我們會合，他穿件駝毛大衣，大衣下擺一如往常地拍打著他的腿肚。一頂氈帽遮住他的前額。我們叫人把行李搬到各自的臥鋪車廂，然後走到外面，在車廂前等待開車的預報。蓋兒·奧爾洛夫在同一輛火車的旅客中認出了一個人，但佛萊迪叫她不要和任何人講話，不要引起別人注意。

我在德妮絲和蓋兒．奧爾洛夫的臥鋪包廂裡和她們待了一會兒。簾子放下一半，我俯下身，透過車窗看見我們正穿過郊區。雪繼續下著。我擁抱了德妮絲和蓋兒．奧爾洛夫之後，回到自己的包廂，佛萊迪已經安頓好了。不久懷爾德默來看我們。他的包廂裡暫時只有他一個人，他希望直至旅途終點都不會有人來。他的確擔心被人認出來，因爲幾年前他在奧特伊賽馬場出了事故後，賽馬報上多次登過他的照片。我們勸他儘量放寬心，對他說人們很快便忘記賽馬騎師的面孔。

我和佛萊迪躺在鋪位上。火車加速行駛。我們讓小電燈亮著，佛萊迪煩躁地抽著煙。他爲可能進行的檢查有些惶惶不安。我也一樣，但我儘量掩飾。佛萊迪、蓋兒．奧爾洛夫、懷爾德默和我都是靠魯比羅薩幫忙，才有了多明尼加的護照，但我們不能肯定護照眞的有效。魯比本人也對我講過。我們的小命捏在一名更注意細微末節的員警或查票員手裡。只有德妮絲不需冒風險。她是眞正的法國人。

火車第一次停下。第戎[註]。大雪減輕了高音喇叭的聲音。我們聽見有人順著通道走著。一間包廂的門打開了。或許有人進了懷爾德默的包廂。我和佛萊迪神經質地狂笑不止。

火車在索恩河畔的夏隆[註]市火車站停了半個小時。佛萊迪睡著了，我關了包廂的燈。不知何故，我在黑暗中更覺得放心。

我試圖想別的事，不側耳傾聽在通道裡回響的腳步聲。月臺上，有些人在講話，隻字片語不時飛掠，大概是在我們窗前聊天。其中一個人咳嗽著，帶痰的咳嗽。另一個人輕聲吹著口哨。駛過一列火車，有節奏的隆隆聲蓋住了他們的嗓音。

門突然開了，在通道的燈光中顯現一個穿大衣的人的身影。他用手電筒筒把包廂從上到下掃了一遍，核對我們的人數。佛萊迪驚醒。

「證件……」

我們把多明尼加的護照遞給他。他漫不經心地審視了一遍，然後把護照交給他身旁的一個人。這個人被門扉擋住，我們看不見。我閉上眼睛。他們交換了幾句難以辨識的話。

他朝包廂內走了一步，手裡拿著我們的護照。

「你們是外交官？」

「是的，」我不由自主地回答。

過了幾秒鐘，我想起魯比羅薩給我們的是外交護照。

他一聲不響地把護照還給我們，然後關上了門。

我們在黑暗中屛住呼吸。我們保持緘默，直到列車再度開動。當它開動時，我聽到佛萊迪在笑。他打開燈。

「去看看他們吧？」他對我說。

德妮絲和蓋兒．奧爾洛夫的包廂沒有被檢查。我們把她們叫醒。她們不明白我們爲何如此心神不寧。接著懷爾德默也來了，臉色凝重。他還在發抖。他出示護照時，人家也問他是不是外交官，他沒敢回答，擔心在便衣員警和檢票員中間有位賽馬愛好者認出他來。

火車在白雪皚皚的景色中行駛。這景色多麼悅目，多麼友好。看到這些沉睡的房屋，我感到以前從未體驗過的迷醉和信心。

我們抵達薩朗什[註]時天還黑著。一輛大客車和一輛黑色大轎車停在車站前。佛萊迪、懷爾德默和我拿手提箱，有兩個男人負責搬蓋兒·奧爾洛夫的衣櫥式旅行箱。我們十來名旅客將乘大客車去默熱弗，司機和兩名搬運工把手提箱堆在汽車後部。這時一位金髮男子朝蓋兒·奧爾洛夫走來，正是前一天她在里昂火車站注意到的那個人。他們用法語交談了幾句。後來她向我們解釋說這是位遠親，一個俄國人，名叫基里爾。他指著那輛黑色大轎車，建議送我們去默熱弗，駕駛座上有個人正等著。但佛萊迪謝絕了他的邀請，說他寧可乘大客車。

天上下著雪。大客車緩緩前行，黑色轎車超過了我們。我們正行駛在一條坡路上，每加速一次，大客車的車體便搖個不停。我暗自思忖它會不會還沒到默熱弗便在路上拋錨。不過這有什麼關係？夜色漸漸退去，升騰起一片棉絮似的白霧，縱樹枝葉在霧中隱約可見，我想不會有任何人來這裡找我們。我們沒有任何風險。我們漸漸匿影藏形，連本來會引人注目的作客穿的衣服——懷爾德默的棕紅色大衣和海軍藍氈帽，蓋兒的豹皮大衣，佛萊迪的駝毛大衣、綠色長圍巾和黑白二色的高爾夫大號球鞋——也消失在霧中了。誰知道呢？或許我們終將化爲烏有。或者變成車窗上蒙著的水汽，用手抹不掉的、久久不乾的水汽。倒是司機如何辨別方向？德妮絲睡著了，她的腦袋在我的肩頭搖來晃去。

大客車停在廣場中央的鎮公所前。佛萊迪叫人把我們的行李搬到一架雪橇上，雪橇等在那兒，我們到教堂旁邊的一家茶食店去喝點熱的東西。茶食店剛開門，伺候我們吃喝的那位太太似乎很吃驚我們這麼早就來光顧。有沒有可能使她吃驚的是蓋兒・奧爾洛夫的口音和我們一身城裡人的打扮？懷爾德默對一切都感到驚奇。他還沒見過山，也沒做過冬季運動。他額頭貼著窗玻璃，張大了嘴，注視雪花飄落在死難者紀念碑和默熱弗鎮公所上，他問那位太太纜車如何運行，他是否可以在滑雪學校註冊。

木屋別墅名爲南十字座。它很大，用深色木材建造，百葉窗漆成綠色。我想這是佛萊迪向巴黎的一位朋友租來的。它俯瞰一條公路的一個彎道，從彎道上看不見它，一排樅樹將它遮住。從公路沿一條彎彎曲曲的小道可抵達別墅。公路向前延伸，但我從來沒有好奇地想知道它通向何方。我和德妮絲的房間在二樓，憑窗眺望樅樹林上方，默熱弗盡收眼底。晴朗的日子，我鍛練眼力，辨認教堂的鐘樓，棕岩山山腳下一家旅館構成的赭石色斑點，長途汽車站，以及最遠處的溜冰場和公墓。佛萊迪和蓋兒．奧爾洛夫的房間在一樓的客廳旁邊。要去懷爾德默的房間，必須再下一層樓，因爲它位於地下室，窗戶如同船上的舷窗，與地面齊平。在那兒，用懷爾德默的話說，在「他的洞穴」裡安身，是他本人的決定。

起初，我們不打算離開別墅。我們在客廳沒完沒了地打撲克牌。對這間屋子我記得比較清楚。一條羊毛地毯。一張皮長椅，上方有一個書架，一張矮桌。兩扇窗戶開向陽台。住在附近的一個女人負責去默熱弗採購。德妮絲閱讀在書架上找到的幾本偵探小說。我也讀。佛萊迪蓄起鬍子，蓋兒．奧爾洛夫每晚給我們做俄羅斯蔬菜濃湯。懷爾德默要人按時去林子裡拿《巴黎體育報》，好讓他躲在他的洞穴裡讀報。一天下午，我們正在打橋牌，他出現了，臉變了顏色，手裡揮動著報紙。一位專欄作家追述近十年來賽馬界發生的突出事件，其中提到「英國賽馬騎師安德列．懷爾德默在奧特伊賽馬場出的事故轟動一時」。文章配了幾張照片，其中有一張是懷爾德默的，比郵票還小。他爲此慌了神，他怕在薩朗什火車站，或在默熱弗教堂旁的茶食店有人認出了他，怕爲我們購買食品、捎帶做些家務的那位太太認出他就是『英國賽馬騎師安德列．懷爾德默』。我們動身前一周，他不是在阿利斯康公園廣場的家裡接到過匿名電話嗎？一個低沉的嗓音對他說：「喂，懷爾德默，一直在巴黎嗎？」然後有人哈哈大笑，掛上了電話。

我們徒勞地一再安撫他說沒有任何危險，因爲他是多明尼加公民，他表現得十分神經質。

有天夜裡，早上三點鐘光景，佛萊迪用力敲懷爾德默洞穴的門，一邊大聲嚷道：「我們知道你在裡面，安德列．懷爾德默……我們知道你是英國賽馬騎師安德列．懷爾德默……立即出來……」

懷爾德默一點不欣賞這個惡作劇，有兩天不再和佛萊迪講話。後來他們和好了。

除了這件小事，最初在木屋別墅裡的氣氛可說是非常寧靜。

可是，漸漸地，佛萊迪和蓋兒．奧爾洛夫對我們一成不變的時間安排感到厭倦。懷爾德默儘管怕別人認出他是英國賽馬騎師，也受不了要在原地打轉。他是運動員，不習慣不活動。

佛萊迪和蓋兒・奧爾洛夫去默熱弗散步時遇到了『一些人』。似乎有『很多人』和我們一樣到此地避難。他們時常相聚，舉辦『聯歡會』。我們從佛萊迪、蓋兒・奧爾洛夫和懷爾德默那裡聽到一些風聲，他們不久也加入了這裡的夜生活。我心有疑慮，寧可和德妮絲呆在別墅裡。

不過，我們有時也下山到村裡去。我們早上十點左右離開別墅，走上一條路邊有幾座小禮拜堂的路。有時我們走進去，德妮絲點燃一隻大蠟燭。有些禮拜堂關著門。我們緩緩而行，以免在雪中滑倒。

稍低處，一個石製的帶十字架耶穌像聳立在一塊圓形空地中央，一條十分陡的路從這裡開始。前半段路有安裝一些木階梯，但已被雪覆蓋。我走在德妮絲前面，萬一她滑倒，我可以扶住她。路的下端就是村莊。我們沿著幹道一直走到鎮公所廣場，然後從白朗峰旅館前經過。稍遠處，在右側人行道邊，矗立著郵電局淺灰色的混凝土建築物。我們在那兒寄幾封信給德妮絲的朋友：里昂，借給我們康巴塞雷斯街那套房間的海倫……我給魯比羅薩寫了封短箋，告訴他多虧他的護照我們已順利到達，並勸他來與我們會合，因爲我們最後一次在公使館見面時，他對我說他有意「去鄉下休養」。我給了他我們的地址。

我們朝棕岩山爬去。從路邊的各家旅館裡走出一群群孩子，由身穿海軍藍冬季運動服的輔導員帶隊。他們肩上扛著雪橇或冰鞋。幾個月來，爲大城市最窮困兒童徵用了療養地的全部旅館。我們遠遠眺望著纜車售票視窗前擁擠的人群，然後折回旅館。

沿著樅樹林間地一條坡路，從南十字座木屋別墅往上走，就到了一棟二層木屋前。替我們採購的太太住在這裡。她丈夫養了幾頭牛，南十字座別墅的主人不在時還替他們守門。他在自己的木屋裡佈置了一個大廳，擺了幾張桌子，一個簡陋的吧台和一張撞球檯。有天下午，我和德妮絲去他家買牛奶。他對我們不大客氣，可是，當德妮絲看到了撞球檯，問他可不可以玩時，他先是吃了一驚，隨後口氣就緩和了。他告訴她隨時可以來玩。

晚上，當佛萊迪、蓋兒・奧爾洛夫和懷爾德默離開我們去默熱弗消遣時，我們經常去他家。他們建議我們到運動隊酒館或某個別墅去找他們，「和朋友們聚一聚」，但我們寧願上山去。喬治——這是那男人的名字——和他妻子等著我們。我相信他們很喜歡我們。我們和他，以及他的兩三個朋友打撞球。德妮絲打得最好。我眼前又浮現出她的倩影：亭亭玉立，手持撞球桿，一張亞洲女子的細嫩的面孔，一雙明眸，栗色頭髮閃著金屬的光澤，捲成螺旋形的波浪一直垂到臀部……她穿一件舊的毛線衣，是佛萊迪借給她的。

我們和喬治夫婦聊天聊到很晚。喬治告訴我們最近肯定會出亂子，會來查身份，因爲在默熱弗度假的許多人狂飲縱樂，引起了注意。我們和別人不同。有麻煩時，他和他妻子會照顧我們的……

德妮絲對我說『喬治』使她想起自己的父親。我們常常用木柴升火取暖。時間流逝，甜蜜，溫暖，我們覺得回到了家。

有時，其他人走後，只有我們留在『南十字座』。別墅變成我們的了。我眞想重溫某些清澈如水的夜晚，我們凝望山下的村莊，白雪清晰地映襯出它的剪影，它好像是一座微型的村莊，一件耶誕節期間在櫥窗裡陳列的玩具。在這些夜晚，一切都顯得單純，令人心安，我們幻想未來。我們將在此定居，我們的孩子將上村裡的學校，夏季隨著放牧畜群的鈴鐺聲到來……我們將過稱心如意的幸福生活。

還有些夜晚，天上下著雪，我卻感到透不過氣來。我和德妮絲，我們絕不可能擺脫困境。我們被囚禁在這深山峽谷中，大雪將漸漸把我們埋葬。擋住地平線的群山最令人沮喪。恐懼向我襲來。於是，我打開落地窗，我們來到陽臺上。我呼吸著帶樅樹清香的寒冷空氣。我不再害怕。反而，我感受到來自風景的一種超脫，一種能處之泰然的憂傷。我們也是一道風景嗎？我們的舉動和我們生命的回聲，彷彿被這棉絮一般的東西壓下來了。輕薄的絮片紛紛揚揚，飄落在我們周圍，飄落在教堂的鐘樓、溜冰場、墓地，以及那些從谷地橫穿出來顏色更深的公路上。

後來，蓋兒．奧爾洛夫和佛萊迪開始請人晚上來別墅作客。懷爾德默不再擔心被人認出，表現出逗人開心的出色才能。午夜時分，十來個，甚至更多的人會不期而至，在另一個別墅開始的晚會更熱鬧地在這裡續攤。我和德妮絲避開他們，但佛萊迪那樣懇切地要求我們留下，有時我們也只好從命。

有幾個人的模樣，我還依稀記得。一位活躍的棕髮男子不停地要你和他打撲克，他駕駛一輛在盧森堡註冊的汽車；一位叫『安德列．卡爾』的金髮男子，穿件紅毛衣，由於越野滑雪臉色黝黑；另一個非常結實的人，身穿黑絲絨衣服，在我的記憶中，他不停地轉來轉去，像隻大熊蜂……幾位喜好運動的美人，其中一位叫『雅克琳娜』，一位叫『康龐夫人』。

有幾次，晚會進行中間，突然有人關了客廳的燈，或一對男女離開眾人去了另一個房間。

最後，還有蓋兒．奧爾洛夫在薩朗什火車站遇到的那位『基里爾』，他曾建議我們乘坐他的車。一個俄國人，娶了位法國女子，非常漂亮的女子。我相信他非法買賣油漆和鋁。他經常從別墅打電話到巴黎，我一再對佛萊迪說這些電話會招來對我們的注意，但是在他和懷爾德默的腦子裡從來沒有謹慎二個字。

一天晚上，『基里爾』和他妻子把鮑勃・貝松和一個叫『奧列格・德・雷狄』的傢伙帶到別墅來了。貝松是滑雪教練，他的主顧裡有幾位名人。他從事跳板滑雪運動，有幾次不愼跌倒，在臉上留下道道疤痕。他走路有點跛。身材矮小，棕色頭髮，是默熱弗人。他熱愛杯中物，儘管如此，他從清晨八時便開始滑雪。除了當教練之外，他還在食品供應處工作，因此有輛汽車供他使用，就是我們抵達薩朗什時我看到的那輛黑色大轎車。雷狄是蓋兒・奧爾洛夫在巴黎見過的一位俄國青年，經常來默熱弗小住。他似乎用各種辦法搞錢，靠倒買倒賣汽車輪胎和零配件爲生，因爲他也從別墅給巴黎打電話，我總聽見他與某個神秘的『彗星汽車修理廠』通話。

爲什麼那天晚上我開始和雷狄交談了呢？或許因爲他平易近人，目光坦率，表情快活天眞，一點小事就能惹他發笑。他對人關懷備至，不停地問你「是否不舒服」，「要不要一杯酒」，「坐在這張椅子上，是否不如坐在那張沙發上」，「夜裡睡得香不香」……他全神貫注地傾聽你講話，睜圓了眼睛，皺起眉頭，彷彿你在宣告神諭。

他明白了我們的處境，很快便問我是否我們想長期呆在山裡。我回答他說我們別無選擇，他低聲告訴我他有辦法穿越瑞士國境，不知道我感不感興趣。

我遲疑片刻，然後作了肯定的回答。

他告訴我每個人得花五萬法郎，貝松也參與其事。他和貝松負責把我們帶到靠近瑞士的一個地點，他們友人當中一位有經驗的引渡者將在那裡接應。他們已幫助過十幾個人偷渡到瑞士，他一一說出這些人的名字。我有時間考慮，因爲他將去巴黎，一周後才回來。他給了我巴黎的一個電話號碼：AUTEUIL 54—73，倘若我考慮得夠快，可以打電話給他。

我和蓋兒．奧爾洛夫、佛萊迪和懷爾德默談了這件事。蓋兒．奧爾洛夫對『雷狄』幫人偷渡邊境感到吃驚，她只看到他淺薄輕浮，靠黑市交易苟且偷生的一面。佛萊迪認爲沒有必要離開法國，因爲我們有多明尼加護照的保護。懷爾德默覺得雷狄是個『小白臉』，他尤其不喜歡貝松。他向我們斷言貝松臉上的疤痕是假的，是他每天早上用化妝筆劃的。運動員之間的競爭？不，眞的，他受不了貝松，稱他『虛有其表』。德妮絲呢，她覺得雷狄『討人喜歡』。

決定下得很快。由於下雪的緣故。一周以來，大雪紛紛下個不停。我又一次體驗到在巴黎已有過的那種氣悶的感覺。我心想如果繼續待在這裡，我們一定會落入陷阱。我把這個道理講給德妮絲聽。

雷狄一星期後回來了。我和德妮絲取得共識，決定請他和貝松幫我們偷渡。我覺得雷狄從未如此熱情，如此值得信任。他拍拍你肩膀的友善動作，他的明眸皓齒，他的殷勤，這一切全討我喜歡，儘管蓋兒·奧爾洛夫時常笑著對我說，必須提防俄國人和波蘭人。

那天，我和德妮絲一大清早便打包好行李。其他人還在睡，我們沒有叫醒他們。我給佛萊迪留了一張便條。

他們在路邊那一輛我曾經在薩朗什看到過的黑色轎車裡等著我們。弗雷德坐在駕駛盤前，貝松坐在他旁邊。我打開轎車的行李箱放好行李，然後我和德妮絲坐在後座。

一路上我們沒有講話，雷狄顯得很緊張。

天上飄著雪花。雷狄駕車慢行。我們沿著山上的小路走。旅程足足兩小時。

雷狄停車向我要錢的時候，我模模糊糊地有了一種預感。我遞給他一疊鈔票。他數了數，然後轉過身來沖著我微笑。他說現在爲了謹愼起見，我們將分開越境。我和貝松走，他帶著德妮絲和行李走。一小時後我們將在那一邊，他朋友的家裡會合……他臉上依然掛著笑容。那副如今我在夢中依然會看到的古怪的微笑。

我和貝松下了車。德妮絲換到前座，在雷狄的身邊坐下。我注視著她，某種預感又一次刺痛了我的心。我想打開車門叫她下來，我們兩個人一起行動。但轉念一想我這個人生性多疑，喜歡胡思亂想。德妮絲呢，她似乎毫無疑慮，情緒不錯。她向我送了個飛吻。

那天早上，她穿一件鼬皮大衣，一件花色毛線衣和佛萊迪借給她的一條滑雪褲。她年方二十六歲，栗色頭髮，一雙綠眼睛，身高一米六五。我們的行李不多：兩只皮旅行袋和一隻深栗色小手提箱。

始終笑容可掬的雷狄發動了馬達。德妮絲放下車窗玻璃，把頭伸出窗外，我朝她揮動手臂告別。我目送車子遠去，它在遠方漸漸變成了一個極小的黑點。

我開始在貝松身後行走。我觀察他的後背和他在雪地留下的腳印。突然，他對我說他要去探探情況，因爲我們離邊境不遠了。他要我等著他。

十分鐘後，我明白他不會回來了。我爲什麼拖著德妮絲鑽進這個圈套呢？我盡全力試圖擺脫雷狄即將撇下德妮絲，我們倆將屍骨無存的念頭。

雪還在下。我繼續走著，一邊徒勞地尋找方位座標。時間一小時、一小時地過去，我走呵，走呵，最後終於躺倒在雪地上。在我周圍，是一片白茫茫的世界。

●法語中「魯比」（rubis）意爲「紅寶石」。

●第一次世界大戰前法國使二十元法郎金幣，上頭鐫刻路易十三的頭像。

●索賽廣場，Place des Saussaies，位在巴黎第八區，在康巴塞雷斯街和索賽街的交會處。

●第戎，Dijon，位於法國科多爾省，是法國東部勃艮第大區的首府。

●夏隆，Chalon sur-Saône，位在勃艮第大區內索恩—羅亞爾省的重要城鎮。緊鄰索恩河畔，是該區最大的城市。

•薩朗什，Sallanches，位在法國東南部隆河—阿爾卑斯區內上薩瓦省，與瑞士和義大利毗鄰。

38

我在薩朗什下了火車。出太陽了。車站廣場上，有輛大客車開著發動機等待乘客。只有一輛計程車，一輛DS19，停在人行道邊。我上了車。

「去默熱弗。」我對司機說。

他發動車子。六十歲左右的人，頭髮花白，穿件羊皮黑上衣，毛衣領子磨得光光的。他口含一塊糖或一粒糖錠。

「好天氣，嗯？」他對我說。

「是的……」

我從車窗朝外望，試圖認出我們走過的那條路。但是，沒有雪，它再也不像以前的那條路了。灑在樅樹和草地上的陽光，樹木在公路上方形成的拱形樹蔭，所有這些深淺不同的綠色，令我驚詫莫名。
「我認不出這兒的景色了，」我對司機說。
「你來過這裡？」
「對，很久以前……冒著雪……」
「下雪的景致就不同了。」
他從口袋裡掏出一個小圓金屬盒，把它遞給我。
「吃一粒瓦爾達糖吧？」
「謝謝。」
他也拿了一粒。
「我戒煙一星期了……大夫勸我口含瓦爾達糖……你抽煙嗎？」
「我也戒煙了……請告訴我……你是默熱弗人嗎？」
「是，先生。」
「我認識默熱弗的一些人……我很想知道他們的近況……比方我認識一個叫做鮑勃·貝

松的人……」

他放慢車速，朝我轉過身來。

「羅貝爾？教練？」

「對。」

他點了點頭。

「我曾和他同校。」

「他現在怎樣了？」

「他死了。幾年前，他從跳板往下跳時摔死了。」

「是嗎……」

「他原本可以幹出些成績……可是……你認識他？」

「不大熟悉。」

「羅貝爾很年輕時曾經把他的朋友們搞得神魂顛倒……」

他打開金屬盒，吞下一粒糖錠。

「他從跳板上一跳……當場就死了……」

大客車跟在我們後面，相距二十來米。一輛天藍色的大客車。

「他和一位俄國人很要好，是不是？」我問道。

「一位俄國人？貝松，和俄國人交朋友？」

他不懂我的話的意思。

「你知道，貝松真不是個值得別人關心的傢伙……他的品行不端……」

我明白他不會對貝松再說什麼了。

「你知道默熱弗有座叫『南十字座』的木屋別墅嗎？」

「南十字座？……過去有許多別墅叫這個名字……」

他又把糖錠盒遞給我。我拿了一粒。

「那座別墅俯瞰一條路。」我說。

「哪條路？」

是啊，哪條路？浮現在我記憶中的那條路和隨便哪條山路都沒有區別。如何找到它呢？

而且別墅可能已不復存在。即使它還在……

我朝司機俯下身去。我的下巴碰到他羊皮黑上衣的皮領子。

「把我送回薩朗什車站。」我說。

他朝我轉過身來，顯得很驚訝。

「隨你便，先生。」

39

調查對象：霍華德・德・呂茲，阿爾弗雷德。

一九一二年七月三十日生於路易士港（模里西斯島），父：霍華德・德・呂茲，約瑟夫・西默蒂，母：路易絲，娘家姓福克羅。

國籍：英國（和美國）。

霍華德・德・呂茲先生先後住在：

瓦爾布勒斯（奧恩省）聖拉札爾城堡；

巴黎（第十六區）雷努阿爾街二十號；

巴黎（第八區）馬戲場街十八號夏托布里昂旅館；

巴黎（第八區）蒙泰涅大街五十三號；

巴黎（第十六區）利奧泰元帥大街二十五號。

霍華德．德．呂茲，阿爾弗雷德先生在巴黎無固定職業。

一九三四至一九三九年，他爲定居法國的希臘人吉米．斯特恩促銷和購買古舊傢俱，並爲此赴美遠行，美國是他祖母的出生地。

霍華德．德．呂茲先生出生于模里西斯島一個法國家庭，但他似乎擁有英國和美國的雙重國籍。

一九五〇年霍華德．德．呂茲先生離開法國，到波利尼西亞毗鄰博拉博拉島（社會群島）附近的帕皮迪定居。

隨此卡片附以下短箋：

親愛的先生，請原諒我沒有把我們所掌握的有關霍華德．德．呂茲先生的情況及時轉達給你。要找到他的材料非常困難：霍華德．德．呂茲先生是英國（或美國）僑民，在我們的情報部門裡留下的線索不多。

向你和于特致以親切的問候。

J·——P·貝納爾迪

•博拉博拉島，Bora Bora，位於南太平洋玻利尼西亞社會群島，人稱為「太平洋上的明珠」。二戰期間曾為美國海空軍基地，現屬法國管轄。

40

親愛的于特，下周我將離開巴黎去太平洋上的一個島，在那兒我有可能找到一個人，他會把我以前的經歷告訴我。這是我青年時代的一位友人。

直到目前，我覺得一切都那樣混亂無序，那樣破碎不全……在尋覓的過程中，我會突然想起一件事的某些細節，某些片段……總之，或許生活正是如此……

這確實是我自己的生活嗎？還是我潛入了另一個人的生活？

到那邊我會給你寫信。

我希望你在尼斯事事順遂，在那個喚起你童年回憶的地點，擔任你所覬覦的圖書館管理員的職位。

41

AUTEUIL 54—73：彗星汽車修理廠，弗科街五號。巴黎第十六區。

42

不到特羅卡迪羅花園，有條面向碼頭的街，我覺得瓦爾多．布朗特就住在這條街上，我曾陪這位美國鋼琴家回家，他是蓋兒．奧爾洛夫的第一任丈夫。

從汽車修理廠生了鏽的大鐵門判斷，它早已關門停業。門上方的灰牆上還能讀出『彗星汽車修理廠』幾個字，儘管藍色的字母變得模糊不清。二樓右面有扇窗戶仍然掛著橙色的窗簾。一間臥室的窗戶？還是一間辦公室的窗戶？我從默熱弗撥AUTEUIL 54－73這個號碼給那俄國人打電話時，他是否正在這個房間裡？他在『彗星汽車修理廠』從事什麼活動？如何才能知道？在這座廢棄的建築物前，一切顯得如此遙遠……

我扭頭往回走，在碼頭上佇立片刻，注視著疾駛而過的車輛和塞納河對岸演兵場附近的燈火。在那邊，在靠花園的一個小套房裡，或許殘留著我生命中的某些東西，那兒有個人認識我，而且仍然記得我。

43

魯德街和西貢街的拐角處，一位女子站在樓底層的一扇窗前。陽光普照，一群孩子在稍遠的人行道上踢球。孩子們不停地叫著「佩德羅」，這是他們當中一個人的名字，其他人一邊招呼他，一邊繼續玩。用清脆的嗓音喊出的『佩德羅』這個名字在街頭古怪地迴響。

她從視窗看不見孩子們。佩德羅。很久以前，她認識了一個也叫這個名字的人。她努力回想是在哪個時期，這時笑聲、叫喊聲、皮球從牆上彈回的沉濁的響聲傳到了她的耳畔。對了，是她給阿萊克斯·瑪姬當時裝模特兒的時期。她遇到了某個叫德妮絲的人，一位面孔有點像亞洲人的金髮女子，她也是搞時尚的。她們倆一見如故。

這位德妮絲和一個叫做佩德羅的男人一起生活。他大概是南美人。她確實記得這位佩德羅在某國公使館工作。身材高大，一頭棕髮，她相當清晰地記得他的面孔。今天她還能認出他來，但是他一定老了。

一天晚上，他倆來到西貢街她的家裡。她請了幾位朋友來吃飯：日本籍演員和他的一頭金紅色頭髮的妻子，他們住在附近的夏爾格蘭街[註]；她在阿萊克斯．瑪姬時裝店裡認識的棕髮女子伊芙琳。陪她來的是位面色蒼白的青年人；還有一個人，但她忘記了是誰；追求她的比利時人尚—克勞德……晚宴的氣氛非常快活。她想德妮絲和佩德羅是十分匹配的一對。

一個孩子抓住彈到空中的皮球，緊緊抱住它，大步離開了其他的孩子。她看見他們跑過她的窗前。拿著球的孩子氣喘吁吁地跑上大軍林蔭道。他穿過林蔭道，始終把球抱在胸前。其他孩子不敢追他，一動不動地望著他在對面的人行道上奔跑。他用腳輕輕推著皮球。沿著大街一家接著一家自行車鋪的櫥窗裡，鍍了鉻的零件在陽光下閃閃發光。

他忘記了別人，獨自帶球跑著，然後盤著球朝右拐進阿納托爾—德拉弗日街。

•夏爾格蘭街，Rue Chalgrin，位在巴黎第十六區。

44

我把額頭貼在舷窗上。兩個男子一邊聊天，一邊在甲板上踱來踱去，月光下，他們的臉顯得有些蒼白。他們終於倚靠在船舷上。

儘管不再湧浪，我依然睡不著覺。我一張張地看著我們大家的照片，德妮絲、佛萊迪、蓋兒．奧爾洛夫的照片，在海上巡遊的過程中，他們漸漸失去了眞實性。他們曾經存在過嗎？我想起別人告訴我佛萊迪在美國的工作。他是約翰．吉爾伯特的私人助理。這句話在我眼前展現了一幅圖景：在一座別墅無人照顧的花園裡，沿著鋪滿枯葉斷枝的網球場，兩個男人肩並肩地走著，兩人中最高的那位——佛萊迪——俯下身聽另一個人低聲和他講話，而這個人肯定是約翰．吉爾伯特。

後來，我聽見通道裡一陣混亂，有人在高聲談笑。原來是爲了搶一只小號吹奏《在我的金髮女郎身邊》的頭幾節音符。我鄰室的門砰地一聲關上了。裡面有好幾個人。又響起哈哈大笑聲，酒杯相碰的噹噹聲，急促的呼吸聲，輕柔持續的呻吟聲……

有個人在通道裡轉來轉去，搖晃著一隻小鈴，用輔祭男童的尖細嗓門一遍遍地說船已經過了赤道。

45

那邊，紅色標誌燈成一字散開，大家起先還以爲它們飄在空中，後來才明白它們沿海岸線排列。黑影綽綽顯現出一座深藍綢緞似的遠山。過了暗礁群後，海水十分平靜。

我們正進入帕皮迪[註]錨地。

• 帕皮迪，Papeete是法屬玻里尼西亞的首府，位在大溪地西海岸，是該群島中最大的島嶼。

46

人家指點我去找一個叫做傅立博的人。他在博拉博拉島住了三十年，拍攝太平洋群島的紀錄影片，並按照他的習慣送到巴黎普萊耶爾音樂廳（Pleyel）去放映。他是最瞭解大洋洲的人之一。

我根本不必給他看佛萊迪的照片。他停泊帕迪皮島時曾多次和佛萊迪相遇。他向我描述佛萊迪身高近兩百公分，從不離開他的島，不然就是獨自待在船上，一艘直帆船，他經常駕船遠遊，穿過圖阿莫圖環礁[註]，甚至直抵侯爵夫人群島。

傅立博提議帶我去帕皮迪島。我們登上一艘捕魚船，一位寸步不離傅立博的毛利族大胖子陪著我們。我相信他們在一起生活。古怪的一對。傅立博身材矮小，走起路來像個童子軍隊長。他穿一條磨破了的高爾夫球褲和一件短袖衫衣，戴著金屬架眼鏡。胖毛利人皮膚呈赤褐色，身纏腰布，穿一件天藍色的棉布短上衣。渡海的時候，他嗓音柔和地向我講述少年時和阿蘭．熱爾博[註]一起踢足球的情景。

●圖阿莫圖環礁，在法屬玻里尼西亞境內，爲熱帶太平洋最大的珊瑚環礁群。

●阿蘭．熱爾博，Alain Gerbault，1893-1941，法國著名航海運動員，二十世紀二十至四十年代曾多次獨自駕船橫渡大西洋和太平洋。

47

在島上，我們沿著一條芳草萋萋的小路行走，小路兩側的椰子樹和麵包樹排列成行。不時有道與肘齊高的白牆標明花園的界限，花園當中矗立著一座形式普通的房子——有條遊廊，鐵皮屋頂漆成綠色。

我們來到一大片圍著鐵絲網的草地前。左側，沿草地邊有幾座停機庫，其中一棟是帶點粉彩的淺灰褐色三層樓房。傅立博向我解釋說這是太平洋戰爭期間美國人建造的飛機場，佛萊迪就在這裡生活。

我們走進樓房，底層有間臥室，擺著一張床，掛著蚊帳，有張寫字台和一把柳條椅。一扇門通向一間簡陋的浴室。

二樓和三樓的房間是空的，窗上的玻璃殘缺不全。走廊中間堆著石灰渣。一面牆上仍然掛著一張南太平洋軍事地圖。

我們回到臥室，它一定是佛萊迪的臥室。一身棕色羽毛的鳥一隻隻從半開的窗戶鑽了進來，排得緊緊地停落在床上、寫字臺上和門邊的書架上。鳥越來越多。傅立博告訴我這是摩鹿加的鳥鶇，這種鳥什麼都啄，啄紙，啄木頭，甚至啄房屋的牆壁。

一個人走進房子裡。他身纏腰布，蓄一嘴白鬍子。他跟那位與傅立博形影不離的胖毛利人講話，胖子一邊翻譯，一邊微微搖擺著身體。半個月前，佛萊迪駕著帆船想去侯爵夫人群島轉一圈，返航時帆船在本島的珊瑚礁上擱淺了，佛萊迪已經不在船上。

他問我們是否想看看船，並把我們帶到礁湖畔。船在那兒，桅杆斷了，船兩側綁著舊卡車輪胎以免沉沒。

傅立博表示我們一回去便要求救難隊尋找佛萊迪的下落。穿淡藍短上衣的胖毛利人和另一個人講著話，聲音很尖，彷彿在輕聲喊叫。不久，我也不再理會他們了。

我不知道自己在礁湖畔待了多久。我心裡想著佛萊迪。不，他肯定沒有在海上消失。他大概決定割斷僅有的纜繩，此刻躲在某個珊瑚島上。我終將會找到他。另外，我必須做最後一次嘗試：按照我的舊地址，前往羅馬暗店街二號。

夜幕降臨。礁湖的綠色逐漸消失，湖面一點點變暗。水上仍有紫灰色的陰影掠過，閃著朦朧的磷光。

我不由自主地從衣服口袋裡掏出來，本來想給佛萊迪看我們的合照，其中也包括蓋兒·奧爾洛夫還是小女孩時拍的那一張。我一直沒有注意到她在哭泣。從她蹙起的眉頭可以看出她在哭。一剎那間，思緒把我帶到遠離這片礁湖世界的另一端，俄羅斯南方的一個海水浴療養地。這張照片就是很久以前在那裡拍的。黃昏時分，一個小女孩和母親從海灘回家。她無緣無故地哭著，她不過想再玩一會兒。她走遠了，她已經拐過街角。我們的生命不也和這個孩子的悲傷一樣，總是猝然地消逝在夜色中嗎？

人物簡介

■**居依．羅朗**——患失憶症長達十年的私家偵探，決定找尋自己的身份。

■**于特**——全名康斯坦丁．馮．于特，「于特私人偵查所」負責人，決定退休，前往尼斯，做圖書館管理員。他在居依患失憶症後收容他，合夥工作長達十年。

■**斯蒂奧帕．德．札戈里耶夫**——早年俄國流亡者，身材高大年邁灰髮。斯蒂奧帕的母親是蓋兒．奧爾洛夫外祖父的好友。他交給主角居依一系列可能與他身份有關的照片，指引了尋人的方向。

■**蓋兒．奧爾洛夫**——原名瑪拉，赴美後改名。流亡俄國後裔。外祖父老喬吉亞澤曾任職喬治亞駐巴黎領事館，他是斯蒂奧帕母親的故友。她隨父母流亡到美國，曾任舞蹈演員，嫁給鋼琴師瓦爾多．布朗特。離婚後，她於一九三六年從美國來到法國。一九五〇年疑因用藥過量死於巴黎。

■**佛萊迪．霍華德．德．呂茲**——又名讓．阿爾弗雷德，出生自模里西斯島的「霍華德．德．呂茲」家族，原籍法國，但他同時擁有美國和英國國籍。一九五〇年佛萊迪離開法國，前往太平洋博拉博拉島定居。

■**安德列．懷爾德默**——賽馬騎師，曾於二戰佔領時期，打算與佛萊迪、蓋兒．奧爾洛夫、德妮絲和佩德羅參與默熱弗行動。居依多年後與他重逢，得知他們兩人曾一起見證佛萊迪和蓋兒．奧爾洛夫在尼斯的小俄羅斯教堂成婚。

■**約瑟夫．西默蒂．霍華德．德．呂茲**——又名尚．西默蒂，佛萊迪的祖父，娶美國富家女梅布爾結婚，婚後定居在法國奧恩省瓦爾布勒斯市。

■**梅布爾．唐納休**——佛萊迪的祖母，原籍美國，家境富裕。

■**克勞德．霍華德．德．呂茲**——自稱是佛萊迪的堂兄弟，一名美食專欄作家。

■**瓦爾多．布朗特**——鋼琴師，蓋兒．奧爾洛夫的第一任丈夫，一九五三年移居巴黎，在各家夜總會演奏鋼琴。

■**佩德羅．麥艾維**——警方資料無法查證。此人應是多明尼加國民，在該國駐巴黎公使館工作，一九四〇年十二月住在（上塞納省）納依鎮內于連—波坦街九號。此後便下落不明。根據各種可能，佩德羅．麥艾維先生於二戰後離開了法國。

■**羅貝爾．布蘭**——在奧恩省瓦爾布勒斯爲德．呂茲家工作的園丁，綽號「教練」。自佛萊迪祖父過世後，前來爲祖母開車及照顧園林。佛萊迪及其祖母都稱呼他「鮑勃」。

■**里昂．凡．艾倫**——荷蘭人，開立女性服裝店以前是名舞者。德妮絲曾與她合資開女裝店。

■**德妮絲．依薇特．庫德勒斯**——法國人，曾擔任時尚模特兒，與霍寧根．胡根等大師合作時。曾與希臘籍的吉米．佩德羅．斯特恩結婚，在德軍佔領法國期間，她們打算奔往瑞士邊境。其後下落不明。

■**吉米．佩德羅．斯特恩**——國籍希臘。在多明尼加公使館工作。一九三九年曾與法籍女子德妮絲．庫德勒斯結婚，但一九四〇年後宣告失蹤。

■**讓—米榭．芒蘇爾**，法籍時尚攝影師，曾爲德妮絲．庫德勒斯拍攝時尚雜誌封面照。

■**亞歷山大・斯庫菲**——來自埃及亞歷山卓的希臘人，作家，有獒犬臉孔的胖男人。一九二〇年代移居巴黎，居住在第十七區，曾因涉嫌且愛流連蒙馬特區的特殊酒吧，一九三〇年在自宅遭人殺害。

■**奧列格・德・雷狄**——身份不明。疑是俄國名字，但另有法國名字路易。一九四二至五二年他在電話上登記居住的地址在巴黎第十六區的彗星汽車修理廠。

■**卡昂夫人**——于特搬至尼斯後在當地認識的俄國老僑民。她寫信給居依告知她對奧列格・德・雷狄的反感，及其所從事的工作內容。

■**波菲里歐・盧比羅薩**——多明尼加外交官，吉米・佩德羅・斯特恩的好友。

■**鮑勃・貝松**——佛萊迪、蓋兒、安德烈、德妮絲及佩德羅五人，在默熱弗的南十字座木屋宴客時，認識的滑雪教練。他與奧列格・德・雷狄走得很近，一起向佛萊迪等五人擔保可靠的越境計畫。

莫迪亞諾與《暗店街》

記憶，是人們活過愛過的證據。透過書寫記憶，人們可以還原自我或時代的存在。小說《暗店街》的主角偏偏是個「沒有記憶」的人。一個失憶長達十年的私家偵探，無論是心理狀態或職業身份，他都是不可靠的敘述者。全書描寫主角穿梭在二戰結束後的巴黎街頭，展開祕密調查般的行動。書中出現的人們對他印象模糊，主角對他們的說辭也半信半疑，這個無主幽魂的尋訪，卻迫使所有人去面對十年以前的「記憶」，那是一段法國人普遍諱莫如深的黑暗時代——一九四〇至四四年間納粹佔領法國的「佔領時期」，構成籠罩全書底層的巨大暗影。

莫迪亞諾雖然生於戰後，沒有親身經歷過納粹佔領法國時期，但是作者對於重現這個時代的氛圍有揮之不去的入迷，這個主題在《暗店街》中得到最充分的表現，也奠定他一生的文學成就。一個看似懸疑的偵查線索，背後有一個呼之欲出的危險事態，牽涉到集體記憶、族群命運和時代悲劇。例如第十五章當主角回到自己在佔領時期居住的舊址時，女屋主海倫提到前屋主前往「默熱弗」後就杳無音訊的行動；以及第二十章主角來到疑是他前女友居住的舊址時，屋主對於「那時期」的驚恐，提到謀殺事件如恐怖小說般繪聲繪影的顫慄時，眞不得不佩服作者將《暗店街》經營成一本讀時感覺懸念危險，讀罷卻又療癒救贖的文學傑作。

簡單地說，《暗店街》藉由失憶的主角，去找出「我爲何失憶？」「我遭遇了什麼？」「我到底是誰？」的答案。主角的失憶、偵探身份和夜間行動，構成謎一般的黑色氛圍，人物與人物的連結，像一張白夜裡的蛛網，發出幽冷之光。「沒有記憶」形成一個去中心的設計，像一塊「朦朧」的遮罩，一個場景到下一個場景，質問一個接一個人物，去強迫他們面對、回憶與敘述。「記憶」、「身份」與「認同」，恰好是作者派屈克·莫迪亞諾作品慣常出現的主題，無論敘事情節到藝術手法都在《暗店街》達到最高峰。

《暗店街》全書共有四十七個片段，時間橫跨二十年，途經地點除了巴黎境內許多街區，主要集中在第八區、十六區及十七區外，也途經法國西北部奧恩省、位在法國中部二戰納粹傀儡政府首都維希（Vichy）、東南部上薩瓦爾省境內離瑞士邊境不遠的小鎮默熱弗（Mégève）、甚至跨出法國，遠到智利首都瓦爾帕萊索（Valparaíso）、大溪地首府帕皮迪（Papeete）等。

至於書中如串珠般接連出現的人物，包括有俄國流亡者、無國籍的難民、酒吧老闆、夜總會的鋼琴師、美食專欄編輯、古城堡的園丁兼攝影師、賽馬騎師等等，他們共同參與了集體回憶的過程。作者以寫實主義的創作手法，描寫人物回憶中具體的生活細節。但是，莫迪亞諾的作品更有完全不同於傳統寫實主義的特徵：眞實與想像的結合，現時與過往的交錯下，不同空間疊合。將枝微細節與龐大時間如此神奇地整合，無怪乎被譽爲「當代的普魯斯特」。

雖然瑞典皇家學院肯定莫迪亞諾「用記憶的藝術，召喚最難理解的人類命運，揭露了納粹佔領時期的人們生活世界」。當代讀者閱讀《暗店街》，將不僅是那段佔領時期的生活顯影。當時主角偵探的失憶，是一種對當年讀者集體面對時代記憶的呼告；如今在國族主義和歷史控罪漸漸消弭的當代，失憶成爲一種解放，讀者可以因爲主角因細節不吻合而追尋功敗垂成感到惋惜。也可以因爲主角竟有多種化名，而發現他竟也有希望成爲其中某個人的私心而感到驚喜。當然當敘述者屢敗屢戰，最後仍決定去義大利羅馬的暗店街二號，進行最後一次的嘗試時，我們可以深刻感受到，那種被肯定存在的需要，想在世界上尋覓能證實自己存在的人的需要，這是《暗店街》裡亙古不變的人性需求。「失憶」在當代成爲一種不必歸化任何族群，在夾縫中逃避的生存狀態，也因此對於作者一生追尋記憶的執著，要找出「我到底是誰」的堅持，將會有更大的敬佩與共鳴吧！

莫迪亞諾的作品結構緊湊文筆流暢，語言精鍊，雖無驚天動地的事件或繁複錯綜的情節，但深刻的內涵和作者的藝術造詣使他的小說引人入勝，令人愛不釋手。儘管進入八〇年代，莫迪亞諾的創作題材和方式發生變化，他不再單一關注佔領年代，也投身劇本詩歌兒童文學創作，但是，「追尋往事」依然在他的生命中佔重要地位。復原歷史並非作者的目的，他力求用清晰準確的語言營造西默農偵探小說式的變幻不定、詭譎多變的氣氛，一種精神和心理的氣氛。

作家派屈克・莫迪亞諾在諾貝爾獲獎後受訪時，曾如此總結創作，他說：「我用盡一生，只爲找尋原點。」在《暗店街》裡，作者確實如此書寫：

「歷經滄桑之後，我又回到了源頭。」

「在生活中重要的不是未來，而是過去。」

如此鍾情記憶的派屈克・莫迪亞諾至今仍活躍於法國文壇。二〇一三年推出新作《但願別迷失街角》（Pour quetu ne teperdes pas dans le quartier），出版社Gallimard首刷起印六十萬本，顯見他在法國受歡迎的程度。莫迪亞諾至今創作三十多部作品，包括二十八本小說、八部電影戲劇劇本、兒童文學、歌詞創作等。他爲名導路易・馬盧電影【拉孔布・呂西安】編寫劇本，入圍奧斯卡。與插畫家桑貝合作的繪本《戴眼鏡的女孩》也大受歡迎。他的小說作品普遍篇幅不長，沒有特別暢銷的書，但水準整齊、俱是傑作。不過法語以外的讀者，最熟悉他的代表作仍是一九七八年榮獲龔古爾獎的《暗店街》。

每至年關將近，都不免整理一年的閱讀清單，該用哪一本書標誌今年呢？也許這就是諾貝爾文學獎存在的意義吧。《暗店街》不僅讓我們見識到諾貝爾獎對發掘世界文學的一貫水平，讀《暗店街》也讓我們再次體驗到法國文學無可取代的優雅，那份為獨一無二的自由靈魂而無畏去思考的深邃，以及無悔去追尋愛的一往情深。

時報出版文學線編輯部

大師名作坊139

暗店街（諾貝爾文學獎修訂新版）

作　者—派屈克・莫迪亞諾
譯　者—王文融
主　編—嘉世強
美術設計—空白地區
責任企劃—張燕宜
總 編 輯—余宜芳
董 事 長—趙政岷
出 版 者—時報文化出版企業股份有限公司
108019台北市和平西路三段二四〇號四樓
發行專線—（〇二）二三〇六—六八四二
讀者服務專線—〇八〇〇—二三一—七〇五
（〇二）二三〇四—七一〇三
讀者服務傳真—（〇二）二三〇四—六八五八
郵撥—一九三四四七二四時報文化出版公司
信箱—一〇八九九台北華江橋郵局第九九信箱
時報悅讀網—http://www.readingtimes.com.tw
電子郵件信箱—liter@readingtimes.com.tw
法律顧問—理律法律事務所　陳長文律師、李念祖律師
印　刷—勁達印刷有限公司
初版一刷—二〇一四年十一月二十一日
初版十刷—二〇二四年五月六日
定　價—新台幣三三〇元

時報文化出版公司成立於一九七五年，
並於一九九九年股票上櫃公開發行，於二〇〇八年脫離中時集團非屬旺中，
以「尊重智慧與創意的文化事業」為信念。

暗店街 / 派屈克・莫迪亞諾著；王文融譯. -- 修訂初版. -- 臺北市：時報文化, 2014.11
面；　公分. --（大師名作坊；139）
ISBN 978-957-13-6123-9（平裝）

876.57　　103021717

RUE DES BOUTIQUES OBSCURES by PATRICK MODIANO

ISBN 978-957-13-6123-9
Printed in Taiwan